马丁堂读书散记

姚崇新 著

凤凰枝文丛 / 孟彦弘 朱玉麒 主编

凤凰出版社

图书在版编目（CIP）数据

马丁堂读书散记 / 姚崇新著. -- 南京 : 凤凰出版社, 2020.6
（凤凰枝文丛 / 孟彦弘, 朱玉麒主编）
ISBN 978-7-5506-3192-2

Ⅰ. ①马… Ⅱ. ①姚… Ⅲ. ①中国文学－当代文学－作品综合集 Ⅳ. ①I217.2

中国版本图书馆CIP数据核字(2020)第070978号

书　　名	马丁堂读书散记
著　　者	姚崇新
责任编辑	陈晓清
书籍设计	徐　慧
出版发行	凤凰出版社(原江苏古籍出版社) 发行部电话025-83223462
出版社地址	南京市中央路165号,邮编:210009
出版社网址	http://www.fhcbs.com
照　　排	凤凰零距离数字印前中心
印　　刷	苏州市越洋印刷有限公司 苏州市吴中区南官渡路20号　邮编:215104
开　　本	880毫米×1230毫米　1/32
印　　张	9.75
字　　数	179千字
版　　次	2020年6月第1版　2020年6月第1次印刷
标准书号	ISBN 978-7-5506-3192-2
定　　价	68.00元 (本书凡印装错误可向承印厂调换,电话:0512-68180638)

姚崇新

1966年生，湖北随州人，考古学博士，现任中山大学人类学系教授。主要研究领域包括佛教考古、中外文化交流考古、敦煌吐鲁番学以及艺术史与艺术考古等。主要论著有《巴蜀佛教石窟造像初步研究：以川北地区为中心》《中古艺术宗教与西域历史论稿》《观音与神僧——中古宗教艺术与西域史论》等。

弁 言

“凤凰台上凤凰游”，是李白《登金陵凤凰台》之诗句，昔年我江苏古籍出版社立足南京、弘扬文史，而更名所由也。

“碧梧栖老凤凰枝”，是杜甫《秋兴八首》所吟咏，今日我凤凰出版社为学林添设新枝，而命名所自也。

30多年来，凤凰出版社围绕中华传统优秀文化，彰显传承文明、传播文化、服务大众、贡献学术的出版理念，坚持以整理出版中国文、史、哲古籍及其研究著作为主的专业化方向，蒙学界旧雨新知之厚爱、扶持，渐已长成“碧梧”，招引了学界“凤凰”翩然来栖。箫韶九成，凤翥凰翔！嘤其鸣矣，求其友声！

“凤凰枝文丛”是本社与学界同人共同打造之文史园地，除学术研究论文外，举凡学人往事、经典品评、学术札记之文化随笔，旧学新知，无所不包。是作者出诸性情而诗意栖息之地，读者信手撷取而涵泳徜徉之处。

“凤凰鸣矣，于彼高冈。梧桐生矣，于彼朝阳。”

愿“凤凰枝文丛”成为我们共同的文化家园。

2019.5.22

目录

第一辑　书评与札记

第一辑　书评与札记

北凉佛教研究的新进展

——评杜斗城《北凉佛教研究》

《北凉佛教研究》（以下简称《研究》）是台湾逢甲大学林聪明教授主编的《敦煌丛刊二集》之第十种，是海内外迄今所见第一部研究北凉佛教的专著，也可视为杜斗城先生研究北凉佛教的总结性成果。书首有林聪明教授分别为《敦煌丛刊二集》和本书所作序言以及杜先生自序。

佛法东渐，首及河西，所以“凉州自张轨后，世信佛教。敦煌地接西域，道俗交得其旧式，村坞相属，多有塔寺”（《魏书》卷一一四《释老志》）。而“张轨领凉州之后，河西秩序安定，经济丰饶，既为中州人士避难之地，复是流民移徙之区，百余年间纷争扰攘固所不免，但较之河北、山东屡经大乱者，略胜一筹。故托命河西之士庶犹可以苏喘息长子孙，而世族学者自得保身传代以延其家业也”（陈寅恪《隋唐制度渊源略论稿》）。可见特殊的地理位置以及中原避难之士带来的深厚的文化底蕴是凉州佛教绵延不绝的两个重要因素。而至北凉时期，由于同时得到北凉王族沮渠氏的大力扶持，凉州佛教达到五凉以来的鼎盛时期。凉州佛教尤其北凉佛教向为古今佛教史家所重，这倒不仅仅是因为它曾兴盛一时，主要还在于它对中国后世佛教的影响。北凉佛教在举凡佛教思想、佛教艺术以及佛教传播等方面，在中国中古佛教史上留下了不可磨灭的印记。正因为如此，近年来伴随着新的考古发现，北凉佛教再度引起学术界的广泛关注，出现了一大批研究成果，内容涉及北凉佛教的诸多方面。而杜斗城先生无疑是近年来研究北凉佛教用力最勤的学者，正如他在《研究》自序中所说，他对北凉佛教的研究始于二十世纪八十年代初（1 页），之后屡有新作问世。其主要成果，除发表《北凉佛教简论》（《兰州大学学报》中国古代史论文辑刊，1983 年）、《北凉佛教与河西石窟的关系》（《敦煌研究》1986 年第 1 期）、《试论北凉佛教对高昌的影响》（《西域研究》1991 年第 4 期）等论文外，还出版有《陇右高僧录》（兰州大学出版社，1993 年）和《北凉译经论》（甘肃文化出版社，1995 年）二书。《研究》一书便是在《北凉译经论》的基础上增订、修补而成的。

《研究》共由四章组成，书末附录《北凉大事年表》。第一章题名“北凉译经”，是本书用力最多的一章，所以是本书的重点。本章旨在通过探讨北凉译经的内容来揭示北凉佛教的特性及其与北凉政治的微妙关系、对后世佛教

杜斗城著《北凉佛教研究》，台北新文丰出版公司，1998 年

义学思想的影响等。作者首先依据《大正藏》所收，条列出现存昙无谶、佛陀跋摩、道泰、法众、道龚、法盛、沮渠京声等人的北凉译经三十四部，然后对诸经内容逐一进行剖析，最后进行综合性论述。虽然这三十四部经是否悉为北凉译经还可以再讨论（详后文），但其主体部分，如昙无谶译《大般涅槃经》、《金光明经》、《大方等无想经》，佛陀跋摩、道泰译《阿毗昙毗婆娑论》，沮渠京声译《观弥勒菩萨上生兜率天经》、《治禅病秘要法》等系北凉译经无疑，所以作者在综合性论述中指陈的主要观点基本成立。在综论中作者主要论述了北凉佛教的护法思想，最后总结说："北凉译经之内容，以转轮王护法思想最有特色，政治意义非常明确。"（150页）作者在第四章分析《且渠安周造寺功德碑》时，还引用碑文"虽曰法王，亦赖辅仁"印证这一观点（258页）。综论中作者还指出了北凉佛教重禅法、重弥勒信仰的特色，这虽然不是作者孤明先发，却较前人的论述系统全面（后面的章节中作者结合不同的材料还有论述）。此外，对《大般涅槃经》的研究，向为治佛教思想史者所重，盖"《涅槃经》阐佛性说，开中国佛理之一派，至为重要"（汤用彤《汉魏两晋南北朝佛教史》第十二章）。故本章中作者在前人研究的基础上对此经的剖析格外用力，藉此说明凉译《大般涅槃经》对后世佛教义学思想的影响。

第二章题为"北凉石窟"。北凉石窟的重要性在于：

①它是我国境内新疆以东地区除炳灵寺169窟外现存最早的石窟遗迹，是研究我国早期石窟造像艺术的不可多得的实物资料；②北凉石窟造型艺术直接影响了北朝早期石窟寺的开凿。所以北凉石窟一直受到从事石窟寺考古、佛教艺术史研究者的重视。本书作者将北凉石窟辟为专章讨论，或许基于上述考虑。本章在前人调查研究的基础上，分别对张掖地区、武威地区、酒泉地区、玉门地区以及敦煌地区现存早期的石窟遗迹进行了论述，认为这些地区现存早期石窟遗迹中均存有北凉石窟，并一一检出。但前四个地区的文字过简，仅限于对石窟遗迹的描述，对于与前人观点相异之处，也未作必要的文字说明。如作者将武威天梯山第1、第10号窟定为北凉窟（164—165页），而一般认为第1、第4号窟为北凉窟（参看甘肃省文物工作队《马蹄寺、文殊山、昌马诸石窟调查简报》，《文物》1965年第3期；宿白《凉州石窟遗迹与“凉州模式”》，《考古学报》1986年第4期）。相形之下，作者对敦煌莫高窟现存早期洞窟的讨论用笔较多。在此作者既不同意所谓莫高窟现存洞窟仅限于268、272、275号窟为北凉窟的说法（参看樊锦诗、马世长、关友惠《敦煌莫高窟北朝洞窟的分期》，《敦煌研究文集》，甘肃人民出版社，1982年），更不同意莫高窟现存洞窟中无北凉窟的观点（参看宿白《敦煌莫高窟早期洞窟杂考》，《大公报在港复刊三十周年纪念文集》，1978年），认为莫高窟第268、272、275、

254、259、251、257、263、260、487、265、437、435、431、248诸窟，“除个别洞窟可能为西凉或更早时代的作品之外，其余皆应为北凉时代所开”（170页）。观点颇新颖。作者用较长篇幅、运用文献材料，并结合当时河西地区的历史背景对上述观点进行了论证。但这一问题的彻底解决尚有待于考古新资料的发现，仅靠文献资料和现有考古资料尚无法从根本上加以解决。因此，笔者对上述观点持保留意见。

第三章题为“北凉石塔”。自二十世纪初期以来，在甘肃酒泉、敦煌、武威以及新疆吐鲁番等地陆续出土了一批北凉石塔。这批石塔的重要性在于：① 它们之中许多有明确纪年；② 塔身的造像是研究北凉造像风格题材以及我国早期佛教造像风格题材的稀有资料；③ 塔身刻的经文、发愿文以及八卦符号是研究北凉佛教思想以及民间信仰的第一手资料。正因为如此，学界也很重视对这批石塔的研究。近年研究北凉石塔用力最勤者当首推殷光明先生，他近期已出版专著《北凉石塔研究》（台湾觉风佛教艺术文化基金会，2000年）。作者在前人研究的基础上，对北凉石塔进行了全面的考察论述，举凡其建造年代、造像风格特征、所反映的佛教思想及其用途等都详加指陈。其中不乏精辟之论，如作者在分析了石塔上的八卦符号后指出：“北凉石塔佛教造像与中国传统文化的相互结合，有力地说明了佛教传入我国后，为了迎合统治者的需要和民众的习尚，摄取了中国传统文化的一些内容，用中国传统文化来解释外来神。”（235 页）本章是笔者迄今所见研究北凉石塔最系统的著述之一。

第四章题为“北凉佛教的影响”。本章中作者分别分析了北凉佛教对北魏、高昌以及南朝的影响。按史载“太延中，凉州平，徙其国人于京邑，沙门佛事皆具东，像教弥增矣”（《魏书·释老志》）。北凉佛教对北魏的影响，殆无异议。作者通过稽考僧传材料及对比现存于河西、云冈两地的早期石窟造像材料，对北凉佛教对北魏的影响进行了概括和总结，指出“凉州佛教对北魏的影响是不可低估的，这不仅从众多的活动于北魏上层的凉州高僧得到证明，而且也可以从现在保留的佛教石窟艺术得到印证”（247 页）。所未尽者，作者于凉州佛教之禅法戒律对北朝的影响阐述不够。实则沮渠京声所译禅法类经典及昙无谶所译大乘菩萨戒类律典对北朝影响深远，故汤用彤先生指出：“北朝时，禅法戒律为所特重。”（汤用彤前揭书第十二章）

关于北凉佛教对高昌的影响，文献记载甚少，所以作者同其他研究者一样，充分利用了近世吐鲁番出土的考古材料，其中包括沮渠安周的一批写经以及《且渠安周造寺功德碑》，并对后者进行了重点分析。最后指出：“北凉及其裔部对高昌地区的统治，使得该地的佛教得到了一个迅猛发展的机会，其后的‘高昌国’特别是麴氏高昌时期，该地佛教又一度大盛，这无疑与此前沮渠氏在这里大兴佛教有关。”（261页）这一看法比较符合实际。关于北凉佛教对南朝的影响，作者重点分析了《大般涅槃经》对南朝佛教义学产生的深远影响，实际上可视为第一章所论“昙无谶译经”的补充和延伸。

书末所附“北凉大事年表”起公元399年段业称凉王，迄公元460年柔然杀沮渠安周。作者除将正史材料入表外，还将僧传及考古材料尽可能糅入表中，较有参考价值。

通观全书，笔者以为《研究》最主要的价值在于它是迄今海内外第一部系统研究北凉佛教的专著。其系统性主要表现在它涉及北凉佛教的诸多方面，举凡译经活动、开窟造像、造塔活动以及北凉佛教特质、北凉佛教与政治的关系、北凉佛教的影响等，本书多有详细的讨论，从而使我们获得北凉佛教的整体印象。

《研究》最大的特点在于能充分利用传世文献以外的考古新材料，这些新材料包括河西、吐鲁番地区现存的早期石窟遗迹、吐鲁番出土文献以及碑刻史料（如《且渠安周造寺功德碑》、北凉石塔等）。这些新材料的运用使本书增色不少。

至于本书的可商榷之处，前文已间或言及，兹再列数条以就教于作者。

一、第一章所列三十四部经典是否悉为北凉译经，值得讨论。这些经典是作者依据《大正藏》逐一列出的，问题就在于此。按《大正藏》主要依据元、明、清雕版汉文大藏经编辑而成，其本身并无可怀疑。但稍知汉文大藏经形成史者皆知宋以后雕版大藏经的最初蓝本为唐智昇编纂的《开元释教录》，尽管该录以编纂严谨、记载翔实和校勘精细著称，但因其主要参考了隋费长房《历代三宝记》（以下简称《房录》）而仍有许多问题。《房录》非常不严谨，向为佛教史家所诟病，尤以日本学者小野玄妙为甚，认为“《历代三宝记》之《历代译经目录》为杜撰之物……自后汉至刘宋之部分，其虚无不实者特为严重”（小野玄妙《佛教经典总论》，杨白衣译，台湾新文丰出版公司，1982 年）。而北凉译经恰当晋宋之际，受害自然严重。其具体做法是将僧祐《出三藏记集》（以下简称《祐录》）所列失译经目大批地、毫无根据地新附于僧祐以前的历代译经者名下，致使许多译经者的译经数量在《房录》中猛增。就北凉译经而言，昙无谶译经由《祐录》的十一部增至《房录》的二十四部（《祐录》卷二；《房录》卷九），而沮渠京声译经由《祐录》的四部竟增至《房录》的三十六部（《祐录》卷二；《房录》卷九、十）。北凉其他译经者的部数也增加不等，《房录》之荒谬可见一斑。要言之，考察北凉译经，若欲取审慎之态度，应以《祐录》之著录为准，兼参成书稍晚于《祐录》的《高僧传》各人本传中所列译经名目，而悉依《大正藏》似有失偏颇。

二、第一章作者在分析北凉译经的意义时有这样一段文字："沮渠蒙逊之所以能较快地接受昙无谶的主张并按其意图，在北凉境内弘扬佛法，实施其做'转轮王'的理想，除了'十六国'时佛教已广弘中土的'大气候'外，还应与沮渠蒙逊的统治基础是'月氏人'有关。前文提及，曾经在贵霜'护法'的两位国王，即丘就却和迦腻色加都是'月氏人'。所不同者，其是在汉代受到匈奴威胁而西迁的那部分。而建立北凉的沮渠氏是没有西迁而留在河西一带者。既是同族，他们的语言、文化传统和心理感情就应比较接近，就更容易理解、接受对方的思想。"（139 页）兹就这段文字提出两点质疑：

其一，关于沮渠氏的族属问题。众所周知，沮渠氏系卢水胡人，但卢水胡是否源于月氏，史无明文。据研究，卢水胡远祖可能与月氏人有关（参看周一良《北朝的民族问题与民族政策》,《魏晋南北朝史论集》，北京大学出版社，1997 年），但"魏、晋以后的卢水胡却已是杂胡"（参看唐长孺《魏晋杂胡考》,《魏晋南北朝史论丛》，三联书店，1955 年）。可见，视"沮渠蒙逊的统治基础是'月氏人'"是不合适的。

其二，关于贵霜的族属问题。由于缺乏确凿的文献证据，这一问题在学术界长期争论不休，迄无定论。许多学者认为大月氏与贵霜并不同系（参看《中国大百科全书·中国历史》"贵霜"条），可见径称"丘就却和迦腻色加都是‘月氏人’”是欠妥的。既如此，视沮渠与贵霜为同族，进而推断他们的语言、文化传统和心理感情比较接近，更易理解、接受对方的思想云云，是很难成立的。换言之，笔者以为，《研究》将北凉佛教思想与贵霜佛教思想相比附，缺乏足够的证据，有牵强附会之嫌。《研究》大概是受了古正美《贵霜佛教政治传统与大乘佛教》（台湾允晨文化实业公司，1993年）一书的影响所致。但古书已逾出笔者本文的考察范围，于此不论。

三、第四章论述北凉佛教的影响不够全面，似应再补充一条，即北凉佛教对吐谷浑的影响。吐谷浑本不信佛教，其入居青海高原后，由于受到周边地区的影响，逐渐皈依了佛教，而其初识佛法当始于与北凉的交往。按吐谷浑与北凉的交往十分密切，可谓互为唇齿。史载吐谷浑第十三王慕璝（426—436年在位，参看周伟洲《吐谷浑史》，宁夏人民出版社，1984年，附录《吐谷浑世系表》。下同）在位时“北交凉州、赫连”（《北史》卷九六《吐谷浑传》），而第十一王慕利延（436—452年在位）即位后仍与北凉保持着密切联系。据《魏书》卷九九《沮渠蒙逊传》载：“太延五年（439）……[太武帝]诏公卿为书让之曰：‘……[凉州]北托叛虏，南引仇池，凭援谷军，提挈为奸……’”按“谷军”应即“吐谷浑军”之省称（参看周伟洲《吐谷浑资料辑录》，青海人民出版社，1992年，145页下注①），是知北凉常与吐谷浑在军事上互相支援以备北魏。及北魏克姑藏，北凉乐都太守沮渠安周“西奔吐谷浑”（《魏书》卷四《世祖纪》上），可见吐谷浑与北凉的唇齿关系十分明显。

而凉州僧人与吐谷浑的关系亦十分密切。南北朝时期河南道是连接河西与南朝的重要通道，自凉州出发，经吐谷浑境南下即可到达南朝的益州（成都），因而凉州欲往江南的僧人多取道吐谷浑 （即河南道）。他们有的还在吐谷浑境内短暂停留，受到吐谷浑王室的尊崇。事例甚多，兹仅举一例。《高僧传》卷一一《释慧览传》云：

> 释慧览，姓成，酒泉人。少与玄高具以寂观见称。览曾游西域……后乃归，路由河南。河南吐谷浑慕延（即慕利延）世子琼等，敬览德问，遣使并资财，令于蜀立左军寺，览即居之。

我们已无法确知慧览抵达吐谷浑的具体时间，但既是慕利延世子所为，可初步判定在慕利延在位时期，即436—452年，则慧览应是北凉僧人或北凉亡后南下的北凉僧人。

综上所述，北凉佛教影响吐谷浑是完全有可能的。

此外，《研究》还偶有误用史料的情况。如作者曾用《且渠安周造寺功德碑》来佐证北凉女性地位较高的看法，认为该碑反映了沮渠安周为其母造弥勒寺的情况（56页）。但笔者遍检该碑碑文，并未发现沮渠安周为其母造寺的只言片语。

最后需要指出的是，《研究》在引用文献资料时，间有注错出处或文字讹脱现象。前者如第二章注释①之“卷二十一”应作“卷十三”、“敬塔篇”应作“敬佛篇”（186页）；后者如第一章所引录之《毗婆娑经序》全文（85—86页），讹脱甚多，兹订正如次：

第1行：“草”应作“革”、“宣”应作“定”；第4行：“寻其宗致”后脱“儒墨竞构，是非纷然。故乃澄神玄观，搜简法相”数语、“正”应作“止”、“诠”应作“铨”、“啼”应作“蹄”；第5行：“是”皆应作“之”、“贤”应作“鉴”、“替”应作“潜”；第6行：“是”应作“之”；第7行：“称”应作“标”、“豁”应作“壑”；第9行：“悚”应作“疏”；第12行：“衿”应作“襟”；第13行：“喻”应作“逾”、“是”应作“之”；第16行：“于”字衍；第17行：“烯”应作“悕”、“寄”应作“奇”；第18行：“是”应作“之”（按：17至18行标点有误，改正如左：“其年岁首，更写已出本六十卷，令送至宋台，宣布未闻。庶令日新之美，敝于当时。”）；第19行：“是”皆应作“之”、“后”应作“微”。

这些错误，有些当属作者笔误，有些可能是印刷错误。

（本文原载《敦煌吐鲁番研究》第五卷，北京大学出版社，2000年）

观自在菩萨的中国化转变

——评于君方《观音：菩萨中国化的演变》

在中国民众的佛教信仰历程中，固然涌现过若干在民众中具有广泛影响的佛（如阿弥陀佛、弥勒佛、药师佛等）、菩萨（如弥勒、地藏、文殊、普贤等），它们都受到中国民众的热烈追捧和崇拜，但就影响的深度和广度而言，佛当首推释迦牟尼，菩萨当首推观音。而在中国封建社会的后期，中国民众的观音崇拜事实上已经超过了包括释迦牟尼在内的所有佛、菩萨，其影响也远远超出了中国本土，直至今天还在一定程度上影响着部分中国民众的生活，其对中国社会潜在影响力之深远由此可见一斑。这不能不说是中国佛教信仰中最值得关注的现象之一。因此观音崇拜问题很早就成为东西方学者共同关注的课题，而尤以日本学者的研究起步较早。如松本荣一对敦煌壁画中观音图像的研究[①]、松本文三郎对古代印度支那地区观音信仰的考察[②]、小林太市郎对晋唐观音信仰的综合考察[③]、后藤大用对观音信仰的综合研究[④]，以及佐伯富对近世中国观音信仰的研究[⑤]，等等，都具有开创性。但事实上，要对中国观音信仰进行全面、系统、深入的研究并不是一件容易的事，因为它涉及多方面的问题。如果仅仅运用佛教中国化的一般思路进行研究显然是不够的，因为它可能还涉及中国传统文化中的某些深层次问题，比如观音性别转变的问题，若仅仅从佛教中国化的角度探讨，很难获得满意的解决，因为它可能与中古以来中国女性在传统社会中的地位及其社会角色有关。这就要求研究者不仅要熟悉中国佛教史，还要对中国传统文化必须有较深的积累。从方法论的角度看，不仅要充分运用宗教学、历史学、文献学的方法，还涉及图像学、考古学等。所以对中国观音信仰仅仅

① 松本荣一《敦煌画の研究》，开明堂东京支居，1937 年。
② 松本文三郎《观音の语义と古代印度支那に於ける其信仰に就いて》，《奈良》13：1—10，1939 年。
③ 小林太市郎《女娲と观音》，《佛教艺术》1：5—30，2：38—123，1948 年；《晋唐の观音》，《佛教艺术》10：3—73，1950 年；《唐代大悲观音》，《佛教美术》20—22，1953—1954 年。
④ 后藤大用《观世音菩萨の研究 》，东京，1958 年。
⑤ 佐伯富《近世中国に於ける观音信仰》，《塚本博士颂寿纪念佛教史论集》，京都，1961 年，372—389 页。

进行局部研究相对容易，但系统深入的研究却相当困难。可能正因为如此，海内外系统研究观音信仰的专著十分少见，而近年在观音信仰研究方面取得较大突破的是华裔美国学者。

近二十多年来，西方汉学界兴起了一股研究中国民间文化的热潮，在有关中国民间文化的研究中，民间信仰是一个相当受重视的主题，取得了一批成果，尤以美国学者成果突出[①]。观音信仰当然也可以纳入民间信仰系统，哥伦比亚大学宗教学系于君方教授的观音信仰研究正是在这样的氛围中一步步展开的，她近期出版的《观音：观自在菩萨的中国化转变》（*Kuan-yin:the Chinese Transformation of Avalokitesvara*. 以下简称《观音》）一书，是其近十几年来研究观音信仰的集大成之作，也是笔者迄今所见海内外第一部深入系统研究观音信仰的专著，该书的出版标志着海内外关于观音信仰的研究取得了新突破，这从美国学术界对该书的评价中即可窥知一二。

① 例如，Daniel L. Overmyer, *Folk Buddhist Religion: Dissenting Sects in Late Traditional China*. Cambridge: Harvard University Press, 1976; David Johnson, et al., *Popular Culture in Late Imperial China*. Berkeley: University of California Press, 1985; Stephen F. Teiser, *The Gohst Festival in Medieval China*. Princeton: Princeton University Press, 1988; Valerie Hansen, *Changing Gods of Medieval China, 1127-1276*. Princeton: Princeton University Press, 1990, 等等。

Chun-fang Yu, *Kuan-yin:the Chinese Transformation of Avalokiteśvara*, New York: Columbia University Press, 2001

宾夕法尼亚大学著名汉学家梅维恒教授（Victor H. Mair）认为："《观音》毫无疑问地将成为未来研究这一特殊的通俗佛教形象的新起点……该书对佛教的研究自成一格。"以研究中国中古宗教著称的普林斯顿大学教授太史文（Stephen F. Teiser）更认为："《观音》是一部在未来几十年内将无匹敌者的力作。"（上述引文均见《观音》一书封底）

于君方教授祖籍中国湖北，童年时代是在抗战期间和内战期间的中国大陆度过的，过着颠沛流离的生活，后随家迁居台湾。她先后就读于台湾东海大学、美国北安普顿史密斯学院（Smith College, Northampton）和哥伦比亚大学，1973年获哥伦比亚大学宗教学博士学位。之后长期执教于罗格斯大学（Rutgers University），即新泽西州立大学（The State University of New Jersey）宗教学系，先后担任助理教授、副教授、教授，近期转任哥伦比亚大学宗教学系及东亚语言文学系教授，并担任北美中国宗教学会副会长。于教授长期致力于中国佛教研究，视野比较开阔，既注重对中国佛教的历史考察，又关注现实中国的佛教信仰状况，在美国宗教学界有较高的知名度。其主要著作除《观音》以外，还有《佛教在中国的复兴：祩宏与晚明的整合》（*The Renewal of Buddhism in China: Chu-hung and the Late Ming Synthesis*, New York: Columbia University Press, 1981; reprinted by Global

Scholarly Publications, 2004)、《寻找佛法：一位当代中国佛教香客的回忆录》(*In Search of the Dharma*: *Memoirs of A Modern Chinese Buddhist Pilgrim*，Edited with an "Introduction"，Albany: State University of New York Press, 1992)、《遭遇佛法：中国佛教研究》(*Encountering the Dharma: Studies in Chinese Buddhism*, Binghamton: Global Scholarly Publications, 2004)等。

《观音》一书的主旨是探讨观音崇拜的中国化过程及其特点、成因等，尤其对中华帝国晚期观音性别的转变与中国女性群体观音崇拜的微妙关系给予了特别关注。全书由前言、正文、附录、参考文献目录和词汇索引等部分组成，煌煌 640 余页（前言 5 页 + 正文 538 页 + 附录 14 页 + 参考文献目录 39 页 + 词汇索引 45 页），正文中包含 48 幅插图和 3 幅地图。下面依次介绍本书主要内容和作者主要观点。

前言主要陈述研究缘起和对各方的致谢。在研究缘起的陈述中，作者特别提到了她的外祖母——一位生活在晚清及民国时期的普通中国妇女。正是这位普通中国女性虔诚的观音崇拜使作者自孩提时代起就对观音产生了兴趣，此后欲对中国的观音崇拜问题进行探寻成为作者长期的心理情结，而作者对观音的正式研究则始于二十世纪八十年代初。由此可见，作者对观音信仰的研究是基于个人兴趣和长时段的思考，这为她日后对这一问题进行深入研究打下了较好的基础。而作者早年在中国生活的背景以及对中国民众观音崇拜的亲身经历，有助于她在后来的研究中对中国民众的观音信仰抱以同情式地理解，这一点非常重要，而这一点又恰是许多研究中国宗教的欧美学者所不具备的。

正文由十二章组成。

第一章绪论，简要阐述了三方面的内容。首先概述了作为观音原形的观自在菩萨在印度本土的情况；其次对佛教在中国本土化的情形进行了简短的历史扫描，因为作者认为，要了解印度的观自在菩萨是如何转变成中国的观音的，必须具备佛教中国化的背景知识；最后介绍了本书的研究方法和主要内容。

第二章主要讨论了与观音崇拜有关的佛经材料，因为作者认为，观音信仰的引入与传播，经典绝对扮演了十分重要的角色。讨论范围既包括显教经典，也包括密教经典，内容十分广泛。

第三章讨论了若干中国本土所造的有关观音的疑伪经，特别是《高王观世音经》。作者认为，检视这些中国本土的创新，并将它们与正规经典比较，可以找到观音崇拜在中国发展的线索。

第四章讨论观音灵应故事与观音中国化的关系。作者认为，尽管《法华经》为观音信仰提供了最重要的经典基础，但观音要扎根中国本土，必须获得独立的身份，而灵应故事在深化观音信仰、使观音获得独立身份方面无疑充当了一个强有力的角色。

第五章讨论了被认为是十一面观音化身的三位圣僧宝志（志公和尚）、僧伽（泗州大圣）、万回与观音崇拜的关系，深入探讨了三圣僧成为观音化身的原因。

第六章运用图像学的方法探讨了中国本土观音图像的传播对观音信仰中国化的推动作用。作者认为，艺术是使中国民众广泛知晓观音的最有力的、最有效的媒体之一，通过艺术可以最清晰地察觉观音性别的转变。

第七章检视了以千手观音为中心的、影响及于近代的大悲忏法及其救世神学。

第八章探讨了被中国民众认为是观音化身的妙善公主的传说，以及妙善公主与观音女性化的关系。作者认为，妙善不仅仅是观音的化身，而且特别是本土化的千手观音的化身。千手观音崇拜自唐代始在中国广为流行，通过艺术创作、称念《大悲咒》以及行大悲忏法而为中国民众所熟知。作者还认为，选择女性替代僧人不仅反映了艺术层面的性别变化，而且反映了在宋代一种新的组织化的居士佛教类型的兴起，这类居士佛教宣扬居士实践的同等效力，或许为妇女参与宗教提供了更多的机会。

第九章考察了浙江普陀成为观音道场、进而成为观音朝觐圣地的过程，从另一个侧面对观音植根中国土壤的过程进行了考察。

第十章探讨了中华帝国晚期的观音形式，着重考察了白衣观音、南海观音和鱼篮观音等三种流行于帝国晚期的本土化的女性观音形象。作者认为，尽管这些女性观音形象对妇女有着特别的意义，但她们均为男性和女性所熟悉，并受到包括上流社会和普通社会阶层在内的所有社会成员的崇拜。

第十一章讨论了出现最晚的第四种女性化的观音形象——作为圣母供奉的观音，作者注意到此种观音形象与帝国晚期兴起的秘密宗教派别有着密切的联系，如先后创建于十六、十七世纪的先天道、理教均以此观音崇拜为中心。

在八至十一章中，作者也一直在致力于探讨女性化的观音与妇女的关系。诸如女性化的观音形象为中国妇女提供了何种信息、女性化的观音以何种方式授予妇女权力，与此同时，观音崇拜又是如何适应儒家传统的等等都是作者一直思考的问题。

第十二章为全书的结论部分。在结论部分作者提请读者共同思考这些问题：观音的转变问题如何能被当作一个佛教中国化的个案来研究？中国本土的传统是以何种方式来影响“进口的”大悲菩萨观自在的观念和感知的？作为中国化的“悲悯女神”的观音是以何种方式影响中国宗教的？等等。

综观《观音》一书，与以往的同类研究不同的是，在研究思路上，作者不仅充分注意佛教文献与传统历史文献的综合分析，还注意到中国传统文化观念对观音崇拜的中国化过程的影响，体现了作者深厚的中国传统文化素养；在研究方法上，作者不仅运用了诸如美国学者欧大年（Daniel L. Overmyer）所倡导的研究中国宗教应综合运用的历史学、文献学以及田野调查的方法①，还充分运用了艺术史家所擅长的图像学的方法，这一点非常重要。作者在研究中很早就注意到有关观音的图像知识对理解观音的中国化转变的重要性，但作者并未受过专门的艺术史训练，为了弥补这一不足，她向美国著名佛教艺术史家何恩之（Angela F. Howard）教授学习佛教艺术达十余年之久。因而对于图像的重要作用，作者有较为深刻的认识："我并不仅仅将单个的观音图像简单地作为插图使用，而是试图了解观音图像的演化是如何不但反映而且影响这位菩萨的感知变化的。我坚定地认为，这项研究乃至所有的中国宗教研究，利用文本文献和艺术图像都是绝对必要的。"（22页）所以《观音》一书很大程度上避免了以往的研究者或

① 参看 Daniel L. Overmyer, "History, Texts and Fieldwork: A Combined Approach to the Study of Chinese Religions."Paper delivered at the workshop for the Study of Chinese Religions, Sun Moon Lake, Taiwan, July, 1998. 欧大年所倡导的方法在英文表述中又简称为"TFH"方法，"TFH"三字母分别代表英文单词"Texts"、"Fieldwork"和"History"的第一个字母。

偏重于文献或偏重于图像的不足，因此笔者认为，该书在研究方法上有较大突破。美国的宗教学研究一直比较注重理论与方法的创新，比如近年来将社会学、人类学的方法普遍运用到宗教学的研究中即是一例[①]。可以说，美国宗教学研究成果突出与美国学者注重理论与方法创新有很大关系，而中国方面，尤其中国大陆，目前在这方面还相对比较保守。笔者推重此书，原因正在于此。

笔者固然看重《观音》一书对许多具体问题的较为圆满的解决，但正如作者自己所指出的那样，该书不可能解决观音崇拜的所有问题（27页）。事实上也是不可能的，这是如前所述观音信仰研究的难度所决定的，因此也不排除该书的某些观点有可商之处。但学术观点见仁见智，所以笔者不拟在此对书中的观点进行具体评述，相形之下，笔者更看重该书给研究者带来的研究启发意义，而这些研究启发意义主要来自作者新颖的研究思路和方法论的突破。所以笔者完全同意梅维恒教授的观点，即《观音》一书目前完全可以作为研究观音信仰的新起点。在《观音》一书

① 较早运用社会学、人类学方法研究中国宗教的华裔美国学者是杨庆堃（C. K. Yang），参看 C. K. Yang，*Religion in Chinese Society: A Study of Contemporary Social Functions of Religion and Some of Their Historical Factors*, Berkeley: University of California Press, 1961.

的研究思路和研究方法的启发下，我们可以扩大视野，从而或可以对该书的某些论题作进一步的探索，或可以发现若干新的问题点。

下面就笔者识见所及，结合《观音》一书所带来的启发，对进一步探讨观音信仰问题略陈思路一二。

众所周知，佛教是像教，佛教信仰首先表现为偶像崇拜，图像资料完全可以视为探讨观音信仰变迁资料的一部分，因为对观音的偶像崇拜是观音信仰外在的表现形式，二者完全是统一对应关系，所以在考察观音信仰的变迁轨迹时，充分利用观音的图像资料，有助于探讨。因此，探讨观音图像的演变与观音信仰变迁之间的互动关系，应当成为研究观音信仰的重点之一。这方面，在《观音》一书的研究中已得到充分的体现，但笔者以为，有关观音的图像资料还可作进一步研究，小则可弥补研究过程中遇到的文献记载不足的问题，大则可能有助于考察观音信仰变迁的轨迹。

（一）为了更好地把握观音崇拜在中国演进的脉络，需要更准确地了解观音崇拜在中国各个历史时期的特点。这些特点应当包括对两个方面的情况的考察，一是对图像本身的考察，即是要对中国各历史时期的观音造像（绘画、雕塑）进行图像学的研究，包括观音造像的类型、风格等，类型主要是对造像身份的辨别，风格主要是从美术学角度对造像的面相体征衣冠服饰等的考察；一是对造像者群体的综合考察，我们希望尽可能多地得到造像者的信息，这些信息包括：造像者的身份、性别，造像的时间、地点，造像的目的、对象等。这一综合考察旨在试图了解各个历史时期观音信仰者群体社会阶层的变化、性别的变化（即男女比例的变化）以及信仰内涵的变化。了解社会阶层的变化、信仰内涵的变化可能有助于我们更深入的理解观音信仰在中国的世俗化过程，而信仰者群体性别的变化与观音图像上的性征的变化如果存在一定的内在联系的话，即便这种变化只是微妙的，也有助于我们理解观音在中国由男性向女性的转化过程。

进行上述研究主要依靠两类资料，一是中国各历史时期有代表性的观音造像资料，一是中国各历史时期保留下来的观音造像铭记。前者主要是供观音造像的图像学研究，后者主要是供对观音信仰者群体的综合考察。很显然，集齐这些资料几乎是不可能的，但必须最大限度地占有。

（二）中晚唐以后，观音造像中出现了一些新的组合形式，较为常见的有观音地藏组合、观音地藏阿弥陀组合、观音地藏药师组合以及观音圣僧组合等。这些组合形式背后所潜在的宗教内涵中应当有中国民众观音信仰出现的新情况，所以研究这些组合形式应当成为考察观音信仰中国化的一部分。这些组合的出现可能对观音信仰的进一步中国化起了促进作用，因为它们使得观音信仰更加随意，人们完全根据自身的需要来设计观音与其他尊像的组合模式，而不再在乎这种组合是否有经典依据。与以往常见的观音阿弥陀的组合形式有经典依据的情形不同，这些组合形式实际上均无正规的经典依据，若一定要寻找所谓的经典依据，可能只有求助于中国本土所造的疑伪经了。以疑伪经为依据来造像的行为本身已经表明，中国民众在佛教中国化的道路上又迈出了一大步，而这些造像组合中又包含着观音造像，所以恰值唐宋变革期出现的这些新的组合形式对探讨观音信仰在唐宋时期的进一步世俗化应当具有特殊的意义。

该问题的研究涉及图像和文献两方面的资料。前者主要是中晚唐、五代、两宋时期观音与其他尊像组合的图像资料；后者要特别注意疑伪经资料，此类资料敦煌佛典中保存较多，可利用日本学者疑伪经研究的成果。

（三）一般认为，观音性别的转变发生在唐代以后，但在当时人们的心目中，究竟何时被完全认定为女性，却是一个令人困惑的问题。图像的变化与信众观念的变化在逻辑上应该是一致的，但实际情况究竟如何，尚有待进一步探讨。例如，从图像资料看，有唐一代，观音的女性特征的确越来越明显，但在当时人们的观念中，是否已认定他为女性呢？这是一个值得探究的问题。因为只有在人们的观念中完全认定他为女性后，女性才可能由于性别认同感对观音产生更为特殊的情感而更加崇拜他。对这一问题的探讨或许可以加深我们对中华帝国晚期的观音信仰何以与女性关系尤为密切这一问题的理解。当然，这一问题的探讨绝不是（事实上也不可能是）观音信仰与女性关系的全部解释，但既然对理解这种关系有所助益，这一探讨还是有意义的。

探讨这一问题最主要的途径是通过文献记载考察人们在观音性别认定方面的观念上的变化，而文献考察的重点是唐宋时期（兼及元、明时期）的笔记小说体史料。

（本文原载《艺术史研究》第六辑，中山大学出版社，2004 年）

地藏信仰研究的进展与困惑

——评张总《地藏信仰研究》

在佛教的菩萨信仰中，地藏信仰的流行程度仅次于观音信仰，约自公元七世纪中叶开始，地藏信仰在中国逐渐流行起来，直到明清时期在民间仍有相当的影响。不仅如此，地藏信仰还先后从中国传入朝鲜和日本，并且也有相当的影响，尤其在日本，其流行程度甚至超过了中国。而保存下来的有关地藏信仰的文献资料和图像资料也相对比较丰富，所以地藏信仰的研究也像观音信仰的研究那样，很早就成为学术界关注的课题之一。早在二十世纪初期，西方就出现了地藏信仰的专著[①]。日本学者的研究也起步较早，成果最为丰富。早在二十世纪二三十年代，日本学者松本荣一氏、塚本善隆氏就对敦煌的地藏绘画展开

① 参看 M. W. De Visser, *The Bodhisattva Ti-Tsang*（*Jizō*）*in China and Japan,* Berlin: Oesterheld & Co., 1914.

了研究[1]，其后日本学者不断有相关的论文发表，并有几部专著问世[2]。不过，日本学者的研究虽然也涉及中国的地藏信仰，但仍以研究日本本土的地藏信仰为主。西方在近二十多年来兴起的研究中国民间信仰的热潮的推动下，地藏信仰问题重新受到关注，近年也出现了研究地藏信仰的专著，其中包括研究韩国地藏信仰的专著[3]。在中国学术界，台湾地区学者近年也有两种研究地藏信仰的专著问

① 松本荣一《引路菩萨信仰に就て》,《国华》387, 1922 年; 同氏《披帽地藏菩萨の分布》,《东方学报》(东京)第 3 册, 1932 年; 同氏《地藏菩萨十王图と引路菩萨》,《国华》515, 1933 年; 同氏《敦煌画の研究》第三章, 东京: 东方文化学院, 1937 年; 塚本善隆《引路菩萨信仰について》,《东方学报》(京都)第 1 册, 1931 年。后以《引路菩萨信仰と地藏十王信仰》为名收入《塚本善隆著作集》第七卷, 东京: 大东出版社, 1975 年。

② 专著(包括论文集)主要有: 真锅广济《地藏菩萨の研究》, 京都: 三密堂书店, 1960 年; 速水侑《地藏信仰》, 东京: 塙书房, 1982 年; 樱井德太郎编《地藏信仰》, 东京: 雄山阁, 1983 年; 望月信成《地藏菩萨——その源と信仰をさぐる》, 东京: 学生社, 1989 年; 松岛健《地藏菩萨像》(《日本の美术》第 229 号), 东京: 至文堂, 1986 年; 石川纯一郎《地藏の世界》, 东京: 时事通信社, 1995 年等。

③ 如 Pak Young-Sook, *The Cult of Ksitigarbha: An Aspect of Korean Buddhist Painting,* Ph.D. dissertation, University of Heidelberg, 1981; Wang-Toutain(王微), *Le Bodhisattva Ksitigarbha en Chine duVauXIISiècle*, Paris: École française d'Extême-Orient,1998; Zhiru Ng(智如), *The Formation and Development of the Dizang Cult in Medieval China,* Ph.D. dissertation, University of Arizona, 2000 等。

世[①]。相形之下，大陆学术界对地藏信仰的研究则显得比较寂寥，除了为数不多的几篇论文以外，一直未见研究地藏信仰的专著面世，这不能不说是一种遗憾。因而，张总先生的新著《地藏信仰研究》(北京：宗教文化出版社，2003年，以下简称《研究》)的出版，在一定程度上填补了这一研究领域的空白。

《研究》一书原是一套著作中的一种，这套丛书是围绕净土宗展开的。书前有周绍良先生所作的序。全书共分六章：第一章《佛经中的地藏典籍》，主要探讨佛教大藏经中的地藏经典、敦煌遗书及藏外文献中的地藏经典，以及包括地狱类经典在内的有关地藏的其他经典；第二章《地藏宝卷及相关文献典籍》，主要介绍宝卷类文献中有关地藏、地狱、十王、目连的宝卷，以及有关地藏的文献典籍载记，包括笔记文集、感应故事等；第三章《地藏菩萨的造像与绘画》，详细梳理了国内现存的地藏造像与绘画的遗存，范围包括石窟摩崖雕刻造像、金铜造像、造像碑、石窟绘画、水陆道场绘画以及敦煌本《十王经》插画和《大正藏·图像部》所集图像资料等，并对地藏的各种形象进行了综述；第四章《民俗浸润衍化》，主要探讨了民间斋日行事与地藏信

① 参看庄明兴《中国中古的地藏信仰》，台北：台湾大学出版委员会，1998年；潘亮文《中国地藏菩萨像初探》，台南：台南艺术学院，1999年。

张总著《地藏信仰研究》，宗教文化出版社，2003年

仰的关系，从而试图揭示地藏信仰民俗化的一面；第五章《金地藏与九华道场》，主要探讨了作为历史人物的金地藏的生平事迹及其与九华山地藏道场的关系；第六章《信仰遍布海内外》主要探讨了地藏信仰与净土宗、华严宗、密宗以及三界教的关系，并简要介绍了日本和韩国的地藏信仰。

从以上揭示的《研究》一书的主要内容可以看出，本书是以研究中国本土的地藏信仰为主。笔者以为，本书的贡献主要反映在以下两个方面：

一是对相关资料进行了全面系统的搜集整理。

地藏信仰的研究虽然已取得较多成果，但或许是因为相关资料庞杂、系统梳理不易的缘故，几乎没有人对其进行过全面系统的搜集与整理，而这对深入地藏信仰的研究又是十分必要的。本书作者知难而进，首次对有关地藏信仰的资料进行了全方位的搜集与整理。作者将资料大体分为文献资料和图像资料两大类，再各分细类逐渐展开，充分体现了作者对资料关注的广度。如在整理文献方面的资料时，注意到了以往人们较少措意的宝卷资料。作者在前人对宝卷类文献资料整理的基础上，不仅进一步揭示出有关地藏信仰的重要宝卷《地藏宝卷》的学术价值，还对相关的宝卷资料进行了梳理（136—168 页），从而拓宽了地藏信仰研究的资料使用范围；又如在整理图像方面的资料时，作者还注意到了水陆画中有关地藏的图像资料，而这类图像资料也同样是以往研究者较少措意的，通过作者对这类图像资料的细心梳理（237—259 页），大大丰富了我们对地藏图像资料的认识。石窟与摩崖造像中有关地藏的图像遗存遍布大江南北，全面调查了解殊为不易，但《研究》一书对这类图像资料披露之全面表明作者在这方面付出了巨大的努力。可以想见，这些工作非数载乃至更长的时间不能毕其功。

在介绍的同时，作者还对部分有争议的文献资料进行了详细讨论，提出了自己的看法，如对《地藏菩萨本愿经》的讨论即是一例（5—8 页）。这些讨论与辨析将有助于以后的研究者加深对这些原始资料的理解。

笔者以为，《研究》一书对地藏及其相关资料的全面的梳理，无疑将嘉惠来学，将为以后的研究者提供丰富而翔实的资料线索。

二是研究方法方面的创新。

以往有关地藏信仰的研究，或偏重于文献资料，或偏重于图像资料，将二者有机地结合起来者鲜见。近年来的研究成果虽然显示出将二者结合的努力，但明显还是有所侧重[①]。笔者以为，有关地藏的图像资料是地藏信仰与地藏崇拜的物化形式，因而有关地藏的图像资料与有关地藏的文献资料具有同等的价值，某些图像资料甚至向我们

① 如前揭王微和智如的著作中虽然也涉及地藏的图像资料，如观音地藏造像组合，但研究的取材和侧重仍以文献资料为主。

提出了新问题，对我们的研究具有导示作用。因此，在注意文献资料的同时，必须充分关注和了解图像资料，才能使研究臻于完善。《研究》一书在研究方法上的创新在于，首次真正做到了文献资料和图像资料的统一并重，文献和图像互相印证、互相发明。作者在《引言》中这样写道："本书……首次系统梳理地藏经典与文献，并整合石窟造像、绘卷画轴等种种雕塑与绘画等方面图像，力求使两方面即经典文字与造型视像方面情况结合契入，以使较为全面的有关地藏信仰状况，能够呈现给大家。"（2 页）显然，作者是有意在做研究方法上的创新尝试。可以预言，这种研究方法对今后此领域的研究将会产生积极影响。

当然，正如作者自言："本书是对此领域作出初步尝试。"（2 页）所以本书的研究深度尚有待提高。下面笔者就研读《研究》一书所感并结合笔者以往的研究心得谈几点认识，以就教于作者。

其一，关于地藏信仰的实质问题。

研究一种宗教信仰，认识这种信仰的实质是至关重要的，研究观音信仰如此，研究地藏信仰亦如此。因为如果我们不能准确认识信仰的实质，我们就不能准确把握信仰者真正的信仰动机和目的，也就不能准确理解信仰者的信仰实践活动，进一步的研究更无从谈起。所以，认识地藏信仰的实质是我们研究地藏信仰首先要考虑的问题。信仰的表象容易看到，而实质往往隐藏于表象的背后，需要在研究中逐渐发现。可惜对这个问题本书较少措意。

若暂不考虑朝鲜半岛和日本的情况，笔者以为，中国本土地藏信仰的实质是地狱拯救，也就是说，人们之所以崇拜、供奉地藏菩萨，主要是冲着地藏的地狱拯救功能来的，所以地藏信仰的兴起与中国民众的地狱观念的最终形成直接相关。确切地说，中古地藏信仰的兴起和长盛不衰的最根本原因是唐代以后地狱观念的最终形成与进一步的发展，从而使地狱观念深入人心的结果。从早期的地藏六道（或五道）构图到晚唐以后流行的地藏十王构图，正好从图像学的角度揭示出唐代地狱观念发展演变的脉络，表明唐代的地藏信仰始终是与地狱观念相联系的。地藏菩萨虽然也被纳入到了密教造像系统，但与滥觞于民间的地藏信仰似乎并不是一回事[①]。

其二，关于三阶教与地藏信仰的关系问题。

在以往的研究中，学者多认为地藏信仰的兴起与三阶教对地藏菩萨的重视有关，直到近期的研究成果中，还有详细的讨论[②]，长期以来对此问题鲜有置疑。不可否认，地藏

① 有关地藏信仰的实质以及地藏信仰兴起的根本原因等问题的探讨，参看拙著《广元的地藏造像及其组合》，《艺术史研究》第四辑，2002 年，305—309 页。

② 如前揭智如的博士论文中的第三章整章讨论的就是地藏信仰与三阶教的关系，参看 *The Formation and Development of the Dizang Cult in Medieval China,* pp.82–107.

菩萨与三阶教的确关系密切，三阶教重视地藏菩萨也是毋庸置疑的，因为三阶教反对净土宗所提倡的念佛三昧，主张不念阿弥陀佛，只念地藏菩萨[①]。但是迹象表明，地藏信仰的兴起与三阶教并不存在必然的因果关系。如果将地藏造像的频繁出现视为地藏信仰兴起的重要标志无大误的话，我们就以地藏造像遗存来说明。作为一种普遍现象，地藏造像最早出现于唐代两京地区，具体时间约当高宗武则天时期。以龙门造像为例，龙门现存最早的有纪年地藏造像为高宗麟德元年（664），大量造出则在武则天时期[②]。而我们知道，武周时期曾两度禁断三阶教，恰在此时龙门的地藏造像活动却异常活跃。如果说这些造像活动与三阶教有关的话，为什么在三阶教比较活跃的隋末唐初鲜见地藏造像，而恰在其遭禁断时期却大量出现呢？如果说隋末唐初鲜见地藏造像是因为三阶教信奉“一切佛像是泥龛，不须尊敬”的宗旨而蓄意不造地藏像的话，那么为什么后来在高宗以后又突然开始兴造了呢？可见如果将地藏信仰的兴起归结为三阶教的宣传鼓吹，那么图像资料展示的矛盾现象难以自圆其说。

① 参看中国佛教协会编《中国佛教》（一）“三阶教”条，上海：知识出版社，1980 年，355 页。关于三阶教研究的主要成果，参看矢吹庆辉《三阶教の研究》，东京：岩波书店，1927 年；西本照真《三阶教の研究》，东京：春秋社，1998 年。
② 参看丁明夷《龙门石窟唐代造像的分期与类型》，《考古学报》1979 年第 4 期，543 页。

本书作者一方面仍然认为三阶教与地藏信仰有较密切的关系，另一方面也怀疑地藏造像是否与三阶教有关："三阶教主张念地藏菩萨名号，又极大量引用《大方广十轮经》之地藏经典，因而构成了与地藏菩萨信仰有较密切的关系。在龙门石窟等处发现的地藏菩萨造像，是否与三阶教有关，还是一个比较难说的问题。……三阶教是否与地藏菩萨造像有直接的关系，在现在造像中似无确切证明。"(442 页）表明作者似乎隐隐意识到了如果认定地藏信仰与三阶教有关的话，那么与图像资料又存在着难以调和的矛盾。况且地藏信仰与地藏造像之间应是对应关系，二者不能割裂开来单独考虑，所以这里作者似乎陷入自身逻辑的矛盾之中。可见对于地藏信仰与三阶教的关系，作者似乎需要重新加以审视。

其三，关于地藏与观音的图像组合问题。

在有关地藏的图像资料中，地藏与观音的组合十分流行，因而此种组合颇受研究者的注意。但由于此种组合并没有正规的经典依据，所以对其出现的原因有不同的推测。如法国学者 Wang-Toutain（王微）指出，在早期的地藏造型艺术中，某些地藏形象具有观音菩萨造型特征，如地藏着菩萨装、执净瓶等，因而认为，早期的地藏造型艺术存在对观音形象的模仿[1]。但即便这种模仿的确存在，也不

[1] 参看前揭 Wang-Toutain, *Le Bodhisattva Ksitigarbha en Chine du* Ⅴ *au* Ⅻ *Siècle*, pp.292 — 293.

能成为地藏观音组合在一起的理由，因为包括早期图像在内的地藏形象均以沙门形为主，菩萨装地藏只占少数，而且在地藏与观音的图像组合中，地藏形象也以沙门形为主。美国学者 Zhiru（智如）认为，地藏观音图像组合的大量存在，表明中古时期地藏信仰与观音信仰之间存在着联系，并认为，在中古民众的心目中，这两位菩萨常被视为强有力的拯救者而联系在一起[①]。这一分析有一定道理，可惜作者没有展开讨论。

本书作者当然也涉及了地藏观音图像组合问题，并认为此种组合与净土信仰有关："地藏信仰发展以后，与原有的弥陀、观音信仰结合，加之净土法门的深入民间，易行普及，使西方净土变相、阿弥陀像、观音像与地藏像的组合出现……从这些造像我们可以看到地藏菩萨与净土法门的深切关系。"（422 页）由地藏观音组合或地藏观音阿弥陀组合得出地藏与净土信仰关系密切的看法似乎有一定道理，但若以地藏信仰的实质论，地藏信仰与净土信仰本来并不搭界，所以地藏是如何被信众与净土联系起来的，以及这种联系究竟反映了信众什么样的心理诉求才是问题的关键，但作者并未就此展开更深入的探讨。

笔者以为，地藏与观音造像组合的图像学解释还是要

① 参看前揭 Zhiru Ng, *The Formation and Development of the Dizang Cult in Medieval China,* p.183.

从探讨地藏信仰的实质、观音信仰的实质以及观音与净土的关系入手，否则很难阐明图像组合背后真正的创作意图。如前所述地藏信仰的实质是地狱拯救，而观音信仰的实质则是现世拯救。将观音和地藏并列造出，体现了人们希望二者是分工合作的关系，同时也体现出来世拯救已变得与现世拯救同等重要，因而来世拯救与现世拯救的同等重要成为观音地藏组合造像出现的最主要原因。而人们对来世拯救的空前重视源自初唐以来地狱观念的最终形成，地狱观念的最终形成促使初唐以来地藏信仰的兴起和人们对来世拯救的空前重视。这是观音地藏组合造像何以从初唐开始出现的原因。此种组合造像的出现，体现了传统的观音信仰和新兴的地藏信仰一定程度的整合，顺应了时代潮流，反映了民众信仰的心理诉求。故而，此种造像组合毫无疑问属于民众的创造。

但是，虽然来世拯救与现世拯救的同等重要成为观音地藏组合造像出现的最主要原因，但并不是唯一原因。迹象表明，至少以下两点也可能成为观音地藏组合造像出现的原因：一是入唐以来西方净土信仰的流行；二是地藏菩萨也被赋予了若干类似观音菩萨的救世功能和观音菩萨的悲悯情怀。

唐代以来，西方净土信仰的大流行表明人们的终极关怀思想空前活跃，脱离地狱、往生西方已成为彼时人们难以释怀的心理情结。所以在人们看来，地藏菩萨仅仅完成地狱拯救工作似乎还嫌不够，应该在将人们拯救出地狱或监督冥府完成终极审判之后，直接将人们送往西方极乐世界。以地藏菩萨的特殊身份，假地藏之手来实现从地狱或冥间到西方净土的飞跃无疑是最便捷的。于是，地藏菩萨又多了一重身份：西方净土的接引菩萨，于是他有时又与观音菩萨一起，作为阿弥陀佛的胁侍菩萨，并列出现于新的西方三圣组合造像中。因而唐代以来净土信仰的空前流行成为观音地藏组合造像出现的另一原因。

此外，尽管地藏的核心工作是地狱拯救，但人们仍然希望地藏菩萨能像观音菩萨那样在现世拯救方面有所作为，地藏菩萨也被赋予了若干类似观音菩萨的救世功能和观音菩萨的悲悯情怀。这两方面，虽然经典中有一些类似的提示，但主要出自信众的进一步发挥。既然地藏与观音有着相似的功能和相似的慈悲情怀，将这两位大菩萨组合在一起，一起供奉，一起崇拜，也就有可能了。因此，地藏被赋予类似观音的性格和类似观音的救世功能可能成为人们将地藏与观音并列造出的又一原因。

（本文原载《艺术史研究》第八辑，中山大学出版社，2006 年）

西方视野中的巴蜀佛教艺术

——评何恩之《宝顶：中国大足佛教石窟艺术》

自 1945 年杨家骆先生率团首次科学考察大足石刻以来，大足石刻艺术逐渐为世人所知。但由于各种外在因素的负面影响，自那时起至二十世纪七十年代末，大足石刻的研究一直处于低谷。八十年代以后，大足石刻的研究逐渐走向繁荣，产生了一批成果，较重要的有：李巳生《大足石刻》（文物出版社，1984 年）、《大足石刻研究》（刘长久等编，四川社会科学院出版社，1985 年。该书汇集了 1945 年以后至八十年代初期大足石刻研究的主要成果，并附录《大足石刻内容总录》）、《大足石刻研究文集》1—5 辑（重庆大足石刻艺术博物馆、重庆大足石刻研究会编，重庆出版社，1993—2005 年）、黎方银《大足石窟艺术》（重庆出版社，1990 年）、郭相颖《大足石刻研究》（重庆出版社，2000 年）、陈明光《大足石刻考察与研究》（中国三峡出版社，2001 年）、同氏《大足石刻考古与研究》

（重庆出版社，2001 年）以及童登金《大足石刻保护与研究文集》（文物出版社，2003 年）等。上述研究虽然从总体上看还较稚嫩，但筚路蓝缕之功不可没，这些研究对基础资料的整理与辨识为今后的进一步研究打下了较好的基础。此外，近年重庆大足石刻艺术博物馆同仁还编辑出版了《大足石刻铭文录》（重庆大足石刻艺术博物馆、重庆大足石刻研究会编，重庆出版社，1999 年），首次将大足境内的石刻铭文全面系统地公诸于世，嘉惠学界良多。但是，上述研究成果大多是专题论文的结集，在以往有关大足石刻艺术的研究成果中，专著甚少。究其原因，可能与整个大足石刻艺术的个案研究尚不深入有关。Angela F. Howard（中文名何恩之）教授新近出版的 *Summit of Treasures: Buddhist Cave Art of Dazu, China*（《宝顶：中国大足佛教石窟艺术》，以下简称《宝顶》）一书是该领域迄今所见唯一一部较有分量的专著。海外已见评论（参看 Karil Kucera 书评，载 *Artibus Asiae*，vol. LXIII，no. 2，2003），但国内尚未引起太多注意。

何恩之教授是当今美国学术界较有影响的佛教艺术史专家之一，大足石刻艺术是她多年潜心研究的领域。自二十世纪八十年代起，她先后多次到川渝地区考察西南佛教石窟艺术，并撰有一系列论文，其中倾力较多的是大足石刻艺术，《宝顶》一书是她近年研究心得的总结。全书主体由四大部分（相当于四章）构成，最后是《结论》和

Angela F. Howard, *Summit of Treasures*: *Buddhist Cave Art of Dazu*, *China*. New York: Weatherhill, Inc., 2001

三个《附录》(《柳本尊传》、《赵智凤传》以及对柳本尊十炼图榜题铭文的释读)。

第一部分题为《众神的殿堂》，包括三节:《大宝顶山》、《小宝顶山》、《宝顶山外围的雕刻与建筑》。这一部分占了本书近一半的篇幅，主要是对大宝顶山(即大佛湾)造像、小宝顶山(即小佛湾)造像以及宝顶山外围造像的微观诠释，描述细微，表明作者对宝顶山及其周边造像有十分细致的观察。值得注意的是，作者将以往人们较少措意的宝顶山外围造像纳入研究视野中，并给予足够重视。之所以如此，是因为作者认为，大宝顶山、小宝顶山及宝顶山外围造像三个造像单元有着密切的内在联系，它们共同形成了一个神圣的曼荼罗似的建筑，在这一建筑中，它们各自承担着特殊的角色(2页)。

第二部分题为《宝顶山的宗教基础》，包括六节:《柳本尊的生平》、《社会宗教背景》、《赵智凤的生平》、《宝顶山历史编年》、《宝顶山佛教的特性》、《作为朝觐中心的宝顶山》。这一部分中对柳本尊、赵智凤生平事迹的研究，以及对宝顶山开凿年代的研究，大体没有超越以往的研究，所可注意者，是作者对宝顶山佛教特性的判断和视宝顶山为朝觐中心的观点。关于宝顶山佛教的特性，作者认为，宝顶山造像具有地方性和唯一性，其中密教和柳本尊崇拜扮演了重要角色(113页)。而宝顶山造像的密教因素主要表现为多面多臂形象、毗卢遮那佛和明王像等

（114 页），进而认为宝顶山造像的某些密教因素不是出自中国北方，而更可能直接传自西藏，如六道轮回浮雕的表现不见于中原，而见于现存的西藏寺院壁画中，再如宝顶山面目狰狞的护法形象也接近西藏的同类形象（114 页）。作者还特别指出赵智凤本人的体征——卷发、络腮胡子、戴耳环——不类汉人，倒与印度、西藏的阿阇梨形象接近（115 页）。作者由此也进一步指出了赵智凤信仰的重点：密教、华严和柳本尊崇拜。

作者还认为，宝顶山的不同之处在于它的两个功能：菩提道场和朝觐的中心。尽管没有历史记录支持宝顶是朝觐中心的观点，但作者首先引出了一句当地十分流行的谚语“上朝峨眉，下朝宝顶”，继而指出宝顶山的非常特殊之处及其内部的运作方式支持这一假说。首先，她认为像所有的佛教朝觐中心都拥有一位主神（如峨眉的主神为普贤菩萨）一样，宝顶也有自己崇拜的主神，即毗卢遮那和毗卢遮那的化身柳本尊；其次，赵智凤及其助手们同时采用文字的和视觉的手段打动信众，识字者可以直接阅读铭文，不识字者也可以听别人解释，从而获得最大的宣传效果（118 页）。

第三部分题为《两县，一个艺术中心》，包括三节：《一条通往宝顶山的朝觐之路》、《大足和安岳的政治行政历史沿革》、《朝觐之路上的五处安岳站点》。这一部分主要是对宝顶为朝觐中心说的进一步论证和发挥。两县是指大足和安岳，一个艺术中心是指宝顶山。在作者看来，宝顶既然是朝觐的中心，理应有若干外围的造像遗址点作衬托，惟其如此，才能突显宝顶的中心地位。为了寻找这些外围造像遗迹，作者将目光投向了与大足毗邻，且造像年代、内容、风格与宝顶接近的安岳境内的若干处造像遗迹。作者认为这些造像遗迹与宝顶造像共同形成了一个以宝顶为中心的朝觐网络，安岳境内的这几处造像遗迹是通往圣地宝顶山朝觐之路上的几个站点（121—122 页）。安岳境内的这几处造像遗迹是柳本尊十炼图（毗卢洞）、华严洞、九大护法（茗山寺）、大孔雀明王（孔雀村）、华严三圣（大佛岩）等。

作者指出，从教义上说，这几处造像遗迹属于与柳本尊、赵智凤相关连的密教的地方分支和华严宗，所以毫无疑问，这些在宝顶山也十分流行的题材对大足安岳两地的僧侣和信徒们传达了一个特殊的信息（126 页）。

为了论证上述观点，作者除了从政治行政历史沿革的角度来论述自晚唐至宋代以来大足安岳两地在社会经济、文化及宗教信仰方面越来越密切以外，还在《朝觐之路上的五处安岳站点》一节中重点对上述五处安岳境内的造像遗迹的内容作了详细的阐释。在进行内容阐释的同时，作者似乎也在向我们传递这样一个信息，即这几处造像的年代要晚于宝顶山。这是为其宝顶山中心说提供论据，因为从逻辑上讲，外围造像是受中心造像影响所致，所以外围造像理应晚于中心造像。所以尽管作者认为宝顶山造像与上述安岳五处造像的年代大致相当，但为了突出宝顶山的中心地位，作者认为安岳这几处造像的年代要晚于宝顶山造像，因而这几处造像可视为宝顶山造像的分支，是赵智凤的传教热忱通过当地宗教的和世俗的支持向毗邻的安岳延伸的结果（136 页）。

这几处造像并没有造像铭记，作者判断造像年代早晚的依据主要是整铺造像中某些局部造像身份的变化。以安岳毗卢洞造像而言，作者认为，与宝顶山同类造像相比，除了缺少十大明王外，最显著的差异是中央主尊头顶人物形象的变化。作者指出，在大宝顶山，可以看到柳本尊的头冠中趺坐着毗卢遮那佛；在小宝顶山的毗卢庵，主尊毗卢遮那佛宝冠中趺坐着柳本尊。但在安岳毗卢洞，与主尊毗卢遮那佛相连的形象是一位手结定印的卷发人，位于主尊的上方。作者认为，卷发人的身份对正确解释毗卢洞的年代至为重要（132 页）。于是作者根据赵智凤的传统肖像特点，进一步分析确认卷发人为赵智凤。作者进而分析道，通常情况下，这个位置是柳本尊占据的，因为柳是毗卢遮那的化身，或毗卢遮那是柳的真正的世间形态。用赵智凤的形象替代柳本尊的形象意味着，作为柳的继承人，赵智凤也被赋予了同样的特权。只有赵智凤及其支持者才有兴趣建立这样的联系，而这种对赵智凤肖像的宣传操纵表明，承认赵的领袖地位和柳本尊继承人的身份的传统已经建立起来。因此，作者认为，安岳毗卢洞柳本尊十炼图中赵智凤替代柳本尊而居于毗卢遮那之首的变化证明，在建立了宝顶山道场之后，赵智凤又将他的事业延伸到了邻近的安岳（133 页）。

为了支持上述观点，作者还讨论了安岳华严洞的年代。作者认为，从造像风格和图像学的角度看，宝顶山圆觉洞与安岳华严洞的确很相似，但是跟前面提到的毗卢洞一样，双方也有一些不和谐的因素，而这些不和谐因素恰有助于建立二者的年代序列。具体而言，与宝顶圆觉洞不同的是，安岳华严洞中没有胁侍菩萨跪在华严三圣面前，而最有意义的变化是，有两个人物胁侍在三圣两侧，一人世俗装扮，一人僧人装扮。大多数中国学者认为他们是柳本尊和赵智凤，作者不同意这种观点，认为此二人分别代表该洞窟的捐助者和主持开凿者，其中一位头发卷曲者可能是赵智凤的宗教追随者（像他的师父那样，也不采取剃发）。因此，作者认为，此人的身份进一步暗示，跟毗卢洞一样，安岳华严洞也是宝顶山造像的一个分支（136 页）。

第四部分题为《宝顶山巨型的风格》，包括两节：《宝顶山的先驱》、《巨型风格的特征》。这一部分是作者从纯艺术史的角度对宝顶山造像的风格进行了归纳总结，并追溯了其渊源。作者指出，组织最卓越的佛教教义并将它们通过浮雕的形式刻画出来的艰巨任务使一种新的“巨型的”风格产生了，因而巨型雕刻在宝顶山成了制作规范，用“巨型”一词能有效地描述宝顶山空前的艺术产品及其独特的内容。作者回顾了唐代以来四川地区雕凿的若干巨型佛像，如乐山弥勒佛像、仁寿大佛、潼南大佛等，指出唐代四川地区的确有雕刻巨像的传统，但仅限于在一处造像地点只雕刻一身巨像的做法，与宝顶山同时雕出多身巨像的做法有所不同（147 页）。

值得注意的是，作者在追溯宝顶山造像风格的渊源时，再次将目光投向了安岳，具体而言，是投向了安岳的圆觉洞。作者认为，宝顶山巨型雕刻的出现始于安岳圆觉洞的华严三圣形象，安岳圆觉洞的华严三圣形象是宝顶山巨型雕刻的先驱（154 页）。作者将宝顶山的华严三圣巨型摩崖与安岳圆觉洞的华严三圣从风格上进行了对比，认为宝顶山华严三圣的风格显示了对安岳圆觉洞华严三圣的继承和发展。继承的因素包括身量大小、雕刻技法、面相体征以及衣饰等（155 页）。

《结论》部分重申了上述各部分的主要观点，尤其是曼荼罗的观点。作者曼荼罗化了宝顶山，因为作者认为宝顶山造像的创建者是在密教的框架内来构思宝顶山造像的（165 页）。作者再次强调，宝顶山遗迹在空间上的组织表明它是一个曼荼罗：曼荼罗的核心主尊是毗卢遮那佛，小宝顶山（即小佛湾）是曼荼罗的核心部分，大宝顶山（即大佛湾）是曼荼罗的中间地带，而宝顶山周边的造像则构成了曼荼罗的外围（165页）。

综观《宝顶》一书，在研究方法上，我们能强烈感受到艺术史家的特点，即作者具有艺术史家特有的敏锐的眼光，能对造像进行细致入微的观察，这一特点书中随处可见。兹举一例，以见一斑。作者在考察安岳圆觉洞诸圆觉菩萨的面相体征、衣冠服饰时有如下细微的描述：

这些菩萨在风格上最具创新性。它们的头颅被置放在短而圆胖的脖颈上，它们的面部比以前任何的同类造像都要丰满圆润。一张相当小但非常肉感的嘴巴、明显的双唇、突显的鼻子构成了菩萨的面部特征。过分拉长的耳朵带着厚厚的下垂的耳垂衬托着菩萨的头部。这些头颅也表现得泰然自若、冷漠无情。[菩萨的]躯体隐藏覆盖在非常厚重的长袍之下，长袍上深深的刀褶使菩萨的躯体成流线型……（154页）

但是，作者绝不止于对图像微观的考察，而注重从宏观整体上加以把握，并注意不同地域之间造像的内在联系。作者似乎是要有意避免她的西方同事在研究宝顶山造像时方法上的欠缺，在本书《序言》中，作者直言不讳地指出西方学者对宝顶山造像偏重微观个案研究的不足：“西方学者将注意力集中在宝顶山单一成分、要素的研究上，如牧牛图组合、地狱变相组合等。尽管这些研究做出了有价值的贡献，但他们的研究范围受到局限，而且，更为重要的是，他们的研究范围忽视了该遗迹固有的整体性。”（XⅢ页）因而何恩之教授的研究既注重局部的、微观的考察，又注意遗迹内部的整体性，乃至对宝顶山以外更大范围内造像遗迹的关注。而她的整体的考察又基于对局部图像的识读与研究，所以《宝顶》一书的研究方法颇具启发意义。

《宝顶》一书观点鲜明，许多观点的确给我们留下了深刻的印象，有助于启发我们的思路，但是其中有一些观点也还有可商之处，兹略陈述于下，以就教于作者。

与大多数学者一样，作者也将宝顶山造像视为一个紧密联系的整体，这种观点时下多无异议。但整体的构成无疑蕴含了创建者的内在逻辑，这个内在逻辑究竟是什么却颇费周章，因为宝顶山造像虽然是一个整体，但内容却十分复杂，通过这些造像内容来归纳创建者的内在理路并不是一件很容易的事。但这事关宝顶山造像的性质，所以又是研究者不容回避的问题，对此作者提出了曼荼罗说。

此说并非作者首创，而是对前人观点的进一步发挥。虽然作者从空间上对这个曼荼罗的外部形态作了进一步的完善，但对其内部结构却缺乏分析。也就是说，既然承认宝顶山造像是一个大曼荼罗，就必须将宝顶山的各部分造像纳入曼荼罗意境下加以分析。但事实上，由于内容的复杂性与多样性，宝顶山造像根本不能全部纳入曼荼罗意境下加以解释。诚然，正如作者所言，造像中有多面多臂的形象（如千手观音、孔雀明王、十大明王等），但造像中更多的是非多面多臂的形象。从造像内容看，该造像群至少包括了华严、密宗、禅宗、净土等宗派以及涅槃变、本行故事、报恩经变、地狱变、六道轮回等造像题材，它们无论如何也不能全部，甚至大部分都不能纳入密教的曼荼罗系统。该造像群尤其充满了浓浓的华严思想（有圆觉洞、华严三圣巨型摩崖等为证），这与大足、安岳、资中地区晚唐五代以来华严思想的流行有关（近期已有学者探讨大足石窟中的华严思想），不惟宝顶造像如此，所以作者将毗卢遮那佛视为宝顶曼荼罗的核心主尊也是有问题的。众所周知，毗卢遮那既是密教教主，又是华严教主。虽然在宝顶山华严与密宗可能存在相互融摄的情况，从而使毗卢遮那的身份属性有些难以确定，但如果将它全部纳入密教系统则无疑是欠妥当的。

可见若要将宝顶山造像群曼荼罗化，目前还有许多困难，而综合以上分析，这或许根本就是一个无解的假说。但奇怪的是，曼荼罗说或密教道场说在学界颇有一定的影响，这的确有先入为主之嫌。究其原因，可能与受到当地留存的碑铭文字提示而产生先入为主的观念有关。众所周知，相关的铭文有横刻于大佛湾柳本尊行化道场上方的“唐瑜伽部主总持王”数字，及小佛湾本尊塔上竖刻于赵智凤坐像两侧的“六代祖师传密印，十方诸佛露家风”以及柳本尊、赵智凤的碑传文字等。但现在看来，造像内容与铭文内容有较大差异，过于拘泥这些铭文内容可能会将研究引入歧途。

从社会功能的角度，作者又将宝顶视为当地佛教朝觐的中心。以其规模而言，的确在当地居于无可替代的位置，因而笔者基本同意这一观点。但是笔者却不能同意作者对这一观点的进一步发挥，即作者由宝顶朝觐中心说引发出的朝觐网络、朝觐线路、线路站点诸思路。从安岳境内与宝顶山造像大体同期的若干造像遗迹的内容、风格看，安岳当时也属于赵智凤教区的一部分殆无异议，所以将安岳境内的某些造像遗迹与宝顶山造像加以联系并非不可行，但由于缺乏具体的证据资料，要说明彼此间更细微的关系却并非易事。所以作者主张的朝觐网络、朝觐线路、线路站点诸思路似乎更多是出于主观的想象，而难于求证。

为了突出宝顶中心说，作者力图证明所谓的朝觐线路上的诸站点的造像是宝顶影响的结果，因而它们的年代要晚于宝顶。但是笔者质疑作者论证诸站点造像年代晚于宝顶造像年代的证据。例如，作者判断安岳毗卢洞造像晚于宝顶造像的主要根据是中央主尊头顶上方人物形象的变化，作者由此判定此处造像当晚于宝顶造像。因为在作者看来，赵以柳的继承人自居，既然柳被视为毗卢遮那佛的化身而居于毗卢遮那佛之顶部，赵也可视己为毗卢遮那佛的化身而据此位，所以这种变化应视为赵智凤形象对柳本尊形象的替代，所以毗卢遮那佛—赵智凤造像组合的出现自然晚于毗卢遮那佛—柳本尊造像组合的出现。而宝顶只见毗卢遮那佛—柳本尊组合，却未见毗卢遮那佛—赵智凤组合，所以安岳毗卢洞造像晚于宝顶山造像。作者的逻辑似乎很严密，但却忽略了一个重要细节。其实，在宝顶山造像中，赵智凤已经将自己视为佛的化身了，只不过没有出现上述特定的毗卢遮那佛—赵智凤组合罢了。图像表现主要集中在小佛湾：在经目塔内侧由条石砌成的坛壁上排列整齐的千佛浮雕圆龛中，间有卷发人的形象；在毗卢庵左右外壁排列整齐的圆龛中，以浮雕佛像为主，但间有卷发人的形象；在本尊殿后壁排列整齐的千佛浮雕圆龛中，也间有卷发人的形象。卷发人一般认为即赵智凤。那么赵智凤既然与诸佛并列雕出，显然他已视己身如同佛身，将自己视为佛的化身了。而依作者的看法，小佛湾造像是宝顶山造像年代最早的，如此，则赵智凤视己为佛化身的情形很早就出现了。那么，毗卢遮那佛—赵智凤组合出现的时间不一定非要比毗卢遮那佛—柳本尊组合出现的晚才行，因而，拿这两种组合关系的变化来判断造像年代的早晚是没有意义的。

此外，作者认定安岳华严洞中华严三圣左右胁侍之一的卷发人为赵智凤的追随者而非赵本人，进而认为此洞是赵的追随者主持开凿的，因而其年代理应比赵智凤主持开凿的宝顶造像要晚。这一判断在逻辑上也是有问题的。且不论作者对卷发人身份的判断是否有误，即便他真是赵的追随者，此洞真系赵的追随者所开，也不能据此认为此洞的年代一定比宝顶的要晚。因为赵的追随者其实是与赵同时代的人。

其实，若从安岳、大足两地唐宋佛教造像的整体情况看，笔者更倾向于认为，是安岳影响了大足，而不是像作者所说的那样，是宝顶影响了安岳。这不仅仅是因为安岳造像的总体年代早于大足造像，其实包括宝顶山造像在内的大足境内的许多造像在安岳都能找到其渊源。而安岳散处各地的宋代造像，从题材内容上看，许多与宝顶造像完全相同，但宝顶复合体中又增加了部分不见于安岳同时代造像的新内容。所以宝顶山复合体正是受安岳早期造像的影响，对散处安岳各地同时代造像的归纳与综合的结果。兹略举数例，以见宝顶造像中的安岳渊源。

安岳圆觉洞的华严三圣并诸菩萨造像组合在安岳、大足两地同类造像中年代最早，而宝顶圆觉洞造像及华严三圣巨幅摩崖无论从组合布局还是造像风格上都明显受到了安岳圆觉洞同类造像的影响。对此连作者本人也不得不承认。她在讨论宝顶造像的风格时，仍追溯到了安岳圆觉洞的华严三圣造像，并认为宝顶华严三圣巨幅摩崖的造像风格显示了对安岳圆觉洞华严三圣风格的继承和发展（154—155 页）。其实，安岳圆觉洞华严三圣并诸菩萨造像应是其他所有安岳、大足两地同类造像的源头。

宝顶山造像复合体将以地藏十王为中心的地狱变相演绎到了极至，但只要稍作对比就会发现宝顶这一题材的较早母体仍源于安岳圆觉洞造像群。安岳圆觉洞第 60 号地狱变相龛是五代时期的作品，是川渝地区迄今所见内容及构图布局最接近宝顶地狱变的同类作品，宝顶地狱变无疑是安岳圆觉洞第 60 号地狱变相影响的结果，是对后者的继承和发展。

此外，我们从安岳圆觉洞造像群中雕于五代时期的 13 号明王龛中似乎也看到了宝顶明王的较早形态；我们从安岳卧佛院第 3 号唐代涅槃变窟巨幅摩崖中似乎也看到了宝顶巨幅涅槃变摩崖的较早形态。

凡此种种，都将宝顶造像复合体的渊源指向了安岳，作者有关安岳某些造像是宝顶影响的结果的看法自然难以成立。

最后还想提及的是，作者认为赵智凤密教受藏密的影响较大，且影响是直接的，认为某些宝顶造像的内容可能直接传自西藏。如轮回轮表现六道轮回的做法不见于中国内地，但总见于现存的西藏寺院画壁中；再如宝顶面目狰狞的明王像也接近西藏的同类作品；再如赵智凤本人的形象——卷发、络腮胡子、戴耳环——不类汉人，倒与印度西藏的阿阇梨形象接近（114—115 页），等等。此问题比较复杂，笔者无法就此展开讨论，在此只想表达两点看法：一、赵智凤密教中即便有藏密的因素，也不会是主要的，而藏密直接影响的可能性更不大，必须考虑其传播的中间环节。二、如果从总体上考虑赵智凤密教的渊源，重点似应考虑成都地区。如果柳本尊的传记资料可信，则柳本尊的密教道场就在成都附近，此其一；晚唐五代两宋时期的成都寺院画壁虽已荡然无存，但画史及碑刻史料仍保留了彼时成都密教造像绘画的蛛丝马迹，相信能从中发现与赵智凤密教造像的某些关联，此其二。

通读《宝顶》一书，笔者最重要的感受有两点：一、艺术史的研究方法虽然是研究宗教艺术非常重要的方法，值得学习与借鉴，但研究宗教艺术仅仅运用艺术史的研究方法是远远不够的；二、大足石刻艺术研究还有很长的路要走，研究的重要突破口可能还在于对晚唐五代两宋时期川渝地方历史的深度挖掘。但无论如何，何恩之教授毕竟已经迈出了重要的一步，她的研究成果既启发我们作更多的思考，又可以作为我们研究的新起点。

（本文原载《艺术史研究》第七辑，中山大学出版社，2005 年）

海外地藏信仰研究的新进展

——评智如《救世菩萨的形成：中古中国的地藏》

在中国及东亚佛教信仰的研究中，对地藏信仰的关注可能仅次于对观音信仰的关注，因而地藏信仰研究也有着悠久的历史，究其原因，当然主要是因为它对中古中国和东北亚地区的宗教信仰产生的广泛影响。如果从1914年维塞尔（M. W. de Visser）对中国和日本地藏菩萨的综合考察（M. W. de Visser, *The Bodhisattva Ti-Tsang*（*Jizō*）*in China and Japan*, Berlin: Oesterheld, 1914）算起，对地藏信仰的研究迄今已有近百年的历史。自二十世纪九十年代以来，地藏信仰的研究又趋活跃。不计单篇论文和这本新著，1990年代初迄今近二十年的时间里，仅中西方学者完成或出版的地藏信仰研究的学位论文或专著就达9部之多，包括太史文（Stephen F. Teiser）的 *The Scripture on the Ten Kings and the Making of Purgatory in Medieval Chinese Buddhism*,（Honolulu: University of

Hawai ‘i Press, 1994)，王薇（Françaïse Wang-Toutain）的 *Le Bodhisattva Ksitigarbha en Chine du Ve au XIIe Siècle*（Paris: École française d’Extême-Orient,1998），庄明兴的《中国中古的地藏信仰》（台北：台湾大学出版委员会，1998 年），潘亮文的《中国地藏菩萨像初探》（台南艺术学院，1999 年），王钟承的《地藏十王图像之研究——以敦煌和四川造像为例》（台南艺术学院美术史研究所硕士学位论文，1999 年）、智如（Zhiru）的 *The Formation and Development of the Dizang Cult in Medieval China*（PhD dissertation, University of Arizona, 2000），刘素兰的《中国地藏信仰之研究》（台湾：玄奘人文社会学院宗教学研究所硕士学位论文，2001 年），张总的《地藏信仰研究》（北京：宗教文化出版社，2003 年）以及尹富的《中国地藏信仰研究》（四川大学博士学位论文，2005 年）等，其活跃程度可见一斑。

《救世菩萨的形成：中古中国的地藏》（Zhiru, *The Making of a Savior Bodhisattva: Dizang in Medieval China*, Honolulu: University of Hawai‘i Press, 2007）是迄今所见地藏信仰研究的最新专著，是作者在其上揭博士学位论文 *The Formation and Development of the Dizang Cult in Medieval China* 的基础上修改而成的。作者系出自台湾的华裔比丘尼，法号智如，修持中国佛教，先后在美国密歇根大学和亚利桑那大学获得硕士和博士学位，现任教于美国波莫纳学院（Pomona College）宗教学系，主要研究方向为中古中国的佛教信仰和台湾现当代佛教。

是书出版后不久，即引起西方学术界的关注，次年已有评介性文字发表，认为是一部很棒的书，可以作为高年级本科生、研究生以及学者在佛教和中国宗教领域的读物（Charls D. Orzech, "The Making of a Savior Bodhisattva: Dizang in Medieval China by Zhiru," *Journal of Chinese Religions*, vol. 36, 2008, pp.210-211）。

全书由导言、正文和附录三部分组成。正文由五章两部分构成，第一部分题《早期形象：此污浊世界的菩萨》，包括第一章《早期经典展示：文本与上下文》和第二章《崇拜起始阶段的再思考》；第二部分题《复合形象：今世、地狱与净土》，包括第三章《本土经典和衍生经典》、第四章《艺术作品与碑铭》和第五章《故事体文献》。附录共有 3 个，附录一专门讨论《大方广佛十轮经》的年代问题，附录二专门讨论地藏在印度、中亚的遗痕，附录三是对中土产生的三部地藏经典的英译，这三部经典分别是《埊 大道心驱策法》、《地藏菩萨仪轨》和《地藏菩萨经》。正文的这两大部分并不是严格按照年代的早晚序列展开的，事实上，第一部分与第二部分在时间上有重叠，第一部分的时间从公元六世纪到公元八世纪，而第二部分的时间则是从公元六世纪到公元十世纪。作者对此的解释是，这主要考虑到按直线型年代序列的方式叙述不能适当处理这样

Zhiru, *The Making of a Savior Bodhisattva*: *Dizang in Medieval China,* Honolulu: University of Hawai'i Press, 2007

一个事实，即旧有的宗教走势与创新的宗教走势经常享有同样的时间和空间（26 页）。

本书的出版使地藏信仰的研究又推进了一步，依笔者愚见，本书对地藏信仰研究的贡献主要体现在以下几方面：

一、对既往研究的固有思维定势的有效反思

地藏信仰研究走过近百年的历程之后，对以往固有的研究理路进行批判性反思，是十分必要的。本书作者显然意识到，面对一个积淀如此深厚的研究命题，如果不在研究理路上有所突破，很难有新的收获，因此，她一开篇就讨论研究理路问题。作者在导论中首先对学界传统的研究理路提出质疑，她指出，地藏菩萨的现代学术感知主要形成于两个假设，而每一个假设都与中国佛教研究中的方法论预设相关联。一方面，学者们倾向于将这位菩萨早期在印度的寂寂无名的情形与他后来在中国成为一位赢得了广泛尊崇的主要佛教神祇的优越地位进行比照。这种对存在于两个地理区域的角色的比照导致产生这样一个假设，在这位菩萨由印度传入中国期间，一定发生了一个根本的转变。对学者们而言，这位菩萨似乎在中国经历的这种根本性转变使他成为在中国佛教研究中佛教中国化研究模式的自然候选者（6 页）。

的确，“佛教中国化”的研究模式一直是学术界因循的研究理路，凡研究中国佛教史的具体问题时，学者往往会不

自觉地运用这一模式。当然这一分析模式之所以能够基本成立，是因为佛教自印度、中亚向中国传播的过程中，在中国本土的确发生了很大变化。以菩萨信仰为例，佛经中提到的菩萨不计其数，但受到中国民众追捧、崇拜从而声名显赫的菩萨却屈指可数，这说明在中国佛教中，菩萨地位的高低很大程度上取决于中土的选择，而选择往往取决于自身的需要，所以菩萨信仰兴起和流行的原因有时的确需要在本土寻找。但是，如果将中国佛教史中的许多具体问题轻易地套用“佛教中国化”的研究模式，则使问题过于简单化了，事实上，有些具体问题用这一研究模式并不能得到很好解决。就地藏信仰的研究而言，在作者看来，中古中国地藏的角色具有多样性，如果运用这一研究模式就会排除地藏在中古中国宗教中所扮演的其他角色，因此，这事实上限制了我们对中国地藏崇拜的理解（7 页）。笔者以为，“佛教中国化”研究模式是否绝对不适用于地藏信仰研究似乎还可以再作讨论，但作者对这一研究模式运用的普遍化的质疑，显然是基于客观事实的理性思考，无疑具有一定的启发意义。

二、文献、图像并重

文献、图像资料并重，尝试将二者结合起来，似乎是近年地藏信仰研究的一种趋势，这当然是一种进步。本书作者顺应了这一潮流，并有所推进。作者强调，她的地藏研究的主要推力，是充分利用经典以外的材料和视觉材料，来复原重构有关地藏崇拜历史中相对被忽略的方面（24页）。这个重构基于对以下三类证据资料的详细分析：

一类是本土经典（indigenous scriptures）。重视这类文献的主要原因是，根据学术界比较一致的看法，有关地藏菩萨的经典大部分形成于中国，特别是二十世纪出自中国考古遗址和出自日本寺院档案中那些经典尤为重要。在这些经典中，作者对《地藏菩萨经》和《壂大道心驱策法》给予了特别关注。

另一类是图像资料。虽然近期学术界已经注意到艺术和碑刻资料，但并不全面，本书作者对有关地藏的图像和碑刻遗存有广泛而系统的关注。除敦煌藏经洞所出有关地藏与冥间的大量绘画遗存外，作者还广泛关注龙门石窟中现存最早的地藏造像、陕西淳化新近发现的三阶教石窟、陕西耀县药王山地藏造像以及四川地区的地藏造像和碑刻等。并认为四川地区的材料对地藏信仰具有特别重要的意义，因为它们所体现出的宗教谱系既不见于敦煌艺术的记录中，也不见于敦煌经典的记录中。

第三类是佛教和非佛教文献中的神异故事资料。作者认为，这些资料有助于我们重构中古民众在大的宗教环境中对地藏的态度，尤其是后一类文献具有特别的价值，因为它们既能反映不同社会阶层（群体）共有的宗教意识，又能反映与地藏信仰有关的宗教因素的多样性。对于这方面的文献，作者对《地藏菩萨像灵验记》给予了特别关注。

从以上的资料构成不难看出，作者既重视文献资料，又重视图像资料，真正做到了文献与图像并重，这与以往的研究中多以文献研究为主、图像研究为辅的做法有很大不同。笔者之所以肯定作者的这种做法，是基于笔者以往的研究心得。笔者通过对部分地藏图像的研究深刻体会到，地藏图像资料中的确隐含着很多学术信息，如果不能将图像资料和文献资料有机地结合起来，地藏信仰研究中的一些棘手问题很难得到圆满解决。

从本书的篇章结构看，虽然只有第四章是专门讨论图像和碑铭的，但本书所使用的图像资料却不仅限于该章，而是根据研究需要散布全书，这一方面体现了作者对图像资料的重视，另一方面也体现了作者尝试将文献与图像有机结合的努力。作者尝试着从图像的角度提出问题，她指出，相对于源自书面文献和教义资料的先入为主的观念，我们更应该思考这样的问题：艺术与铭文本身告诉了我们什么关于地藏信仰的信息（50页）？从这个角度提出问题是地藏信仰研究的一种进步。

三、对相关文献的细致处理

以往的地藏信仰的研究都难免要梳理相关文献，但对文献的处理细致到本书这样的还不多见。作者对有关地藏信仰的文献文本进行了仔细的文献学分析，内容涉及文献最早出现的年代问题、流行的地域问题、真伪问题以及内容分析等，表明作者有良好的文献学训练，这有助于今后学术界对这些文献的合理利用。尤其是作者还揭示出了一些为以往学术界比较忽视的文献，如本土所撰《埊 大道心驱策法》等，从而拓展了本专题研究的文献资源。此外，本书对梵文、回鹘文和藏文经典中的相关文献也能加以利用，表明作者的文献学视野比较开阔。

四、重新审视了地藏与三阶教的关系

这是本书的亮点之一。自矢吹庆辉（矢吹庆辉《三阶教の研究》，东京：岩波书店，1927 年）以来，学者多认为三阶教的传播是龙门地藏信仰传播的原因，三阶教的兴起与地藏信仰的兴起相辅相成，这几乎已成为一种思维定势。根据三阶教对《十轮经》的宣传，矢吹相信三阶教提倡地藏崇拜，并相信三阶教对地藏的提倡有助于地藏信仰的初始传播，但本书作者对此提出质疑：如果三阶教真有助于早期地藏崇拜的传播的话，为什么在龙门地藏造像形成的过程中，没有看到三阶教的襄助（51 页）？为什么《三界佛法》最后并没有将地藏菩萨提升为崇拜对象，而仅作为一个三阶教法实践者的角色模范加以援引（56 页）？针对新发现的陕西淳化金川湾的三阶教洞窟，作者注意到洞中并无地藏造像，张总先生对此的解释是，三阶教反对造偶像和佛塔，所以三阶教的地藏崇拜可能仅限于仪式、念诵、忏悔的范畴（张总、王保平《陕西淳化金川湾三阶教刻经石窟》,《文物》2003 年第 5 期）。但该洞窟中却有释迦造像，说明三阶教也并非绝对不造像，三阶教的支持者不一定是偶像破坏者。从该洞窟看到的情况，作者提示需要重新审视三阶教与地藏信仰之间的关系（61 页）。对于三阶教与地藏信仰之间的关系，作者的初步判断是：三阶教成员当然会参加包含地藏菩萨的祈祷实践活动，但三阶教文献中并没有这样的提示，即像净土教辩论性文字所说的那样，三阶教必须接受地藏菩萨为其守护神。因此三阶教的确在七世纪地藏崇拜的传播上有贡献，但是几乎没有证据显示三阶教在地藏信仰的形成与传播过程中起过关键作用（61 页）。

作者的质疑针对性很强，面对这样的质疑我们不得不重新审视地藏信仰与三阶教的关系。事实上，笔者在以往的研究中也有同样的体认。笔者曾指出，地藏信仰兴起源于三阶教的主张与图像资料反映的情况相矛盾。以龙门造像为例，龙门现存最早的纪年地藏造像在唐麟德元年（664），大量造出在武则天时期。而我们知道，武周时期曾两度禁止三阶教，恰在此时龙门的地藏造像却异常活跃，相反，在三阶教比较活跃的隋末唐初，却鲜见地藏造像，龙门以外现存早期的地藏造像也均是唐高宗以后的作品，这种矛盾现象使我们不难看出，地藏造像活动与三阶教并无直接关系（姚崇新《广元的地藏造像及其组合》,《艺术史研究》第四辑，中山大学出版社，2002年，306页）。而笔者近期针对陕西淳化唐代三阶教石窟的新发现，进而指出：“① 三阶教也有开窟刻经造像活动，所谓三阶教不重视造像的观点值得重新审视；② 此窟造像中地藏造像的缺失表明，地藏信仰的兴起与三阶教似乎并不存在必然联系；③ 三阶教人对经像的态度，并不一定完全像中唐净土教文献《念佛镜》中所说：‘三阶法中，见形像及以诸经，多不恭敬，谓是泥龛。四生众生是真佛故，所以恭敬。’”（姚崇新、于君方《观音与地藏：唐代佛教造像中的一种特殊组合》,《艺术史研究》第十辑，2008年，498页注[22]）。

可见，随着近年地藏信仰研究的深入，重新审视地藏信仰与三阶教之间的关系已是我们无法回避的问题了。而重新审视的意义在于，不仅使我们能重新思考地藏信仰兴起的真正动因，也便于我们重新思考地藏信仰的实质，而这些都是地藏信仰研究的根本性问题。所以从这个角度看，本书对地藏信仰与三阶教关系的质疑的潜在的学术意义是不言而喻的。

当然，正如所有的学术著作一样，本书在一些具体问题的分析和判断上似乎还有可商之处，兹拈出数条，以就教于作者。

一、关于《大方广十轮经》的年代和是否中土所造的问题

《大方广十轮经》无疑是研究地藏信仰最重要的文献之一，所以本书在《附录一》中作了专门讨论。关于该经的年代问题，由于该经在现存汉文佛教经目中最早见录于六世纪末隋代费长房的《历代三宝记》，且著录为北凉失译，所以学界对其在中土译出的年代一直有分歧。本书作者认为，既然此经六世纪末才见于经目，而从三阶教对该经的使用情况看，也是六世纪后半叶，因此，作者将此经出现的年代定为六世纪后半叶（29—30、225—228 页），从而否定了北凉说。但是，正如作者在书中正确指出的那样，此经产生的背景是十六国北魏以来的末法思想，此经的内容也的确反映的是末法思想（神昉《〈大乘大集十论经〉序》："《十轮经》者，则此土末法之教也。"《大正藏》卷十三，777 页上），而作者也同样将末法思想追溯到了十六国的北凉（41—42 页）。如果按照这样一种逻辑，此经出现在北凉时期不是顺理成章吗？如果一定要将此经出现的年代与三阶教的使用情况衔接，会给人造成这样一种错觉，即此经是应三阶教的需要而译出的。但其实不然，此经既是应末法思想而出现，就未必一定要与三阶教同时出现，因为末法思潮的兴起在前，三阶教的呼应在后。至于现存早期经录失载的问题，亦非孤例，尤其是南北朝时

期，经录的编撰工作主要在南方，失载漏著北方译经的现象很普遍，而北凉又是十六国时期北方译经的重镇，著录不全完全有可能，所以不能因其著录较晚就完全否定其属早期作品的可能性。虽然《历代三宝记》的编撰不够严谨，为佛教史家所诟病，但从未完全否定其学术价值。

关于此经年代的推想，玄奘的弟子神昉在为重译的《十轮经》所作的序中的表述颇值得玩味。《序》谓："寻旧经之来，年代盖久。但谱第遗目，传人失记。翻译之主既往，来兹之日罕闻。"（《大正藏》卷十三，777 页中）显然在七世纪中期的神昉看来，"旧经"的年代已经很久远了。神昉不仅参与重译此经（《大正藏》卷十三，728 页上），还撰有《十轮经抄》（藏俊《注进法相宗章疏》："《十轮经抄》三卷，大乘 [神] 昉撰。"《大正藏》卷五五，1144 页上），对《十轮经》应有很深的研究，设若此经的确译于六世纪后半叶，距神昉的时代不足百年，以其对此经的了解程度，神昉断不会对该经旧译的情况一无所知，用"年代盖久"、"来兹之日罕闻"来形容旧经。

综合以上分析，笔者认为，在没有更多的证据发现以前，此经初译的年代仍定为北凉为宜。

关于《大方广十轮经》，作者的另一个看法是倾向于中土所造，虽然她没有明确将此经列入本土经典范畴，但倾向性很明显。对此，笔者也有些不同看法。

作者怀疑《十轮经》并非译自印度或中亚的梵文或胡语

文本，言外之意此经是本土所造。她所持的主要证据是，目前没有发现早于汉文本《大方广十轮经》的梵文或中亚胡语文本。虽然公元八世纪的印度人 Santideva 在其著作中引用了《十轮经》但是这比最早的中文本《十轮经》晚了几乎两个世纪，所以这不能证实此经编撰于印度或中亚（225—228 页）。但是作者在分析这一问题时没有将此经曾经再译的事实考虑进去。唐高宗永徽二年（651），玄奘携其弟子神昉等重译了《十轮经》，重译后更名为《大乘大集地藏十轮经》。此经既能重译，表明应有梵文或胡语文本，而此经若是中土所造，则不可能有梵文或胡语文本。神昉为重译所作的《序》中说："以今所翻，比诸旧本。旧本已有，今更详明，旧本所无，斯文具载。"（《大正藏》卷十三，777 页中）由此可以看出，重译既参照了旧译，也在旧译的基础上有所增删修改，设若没有梵文或胡语文本作底本，何来增删修改？比照现存的新、旧译本，可以看出新本的确存在增删与修改。所以仅以不见梵文或胡语文本就断定此经为中土所造，似乎失之周严，毕竟早期汉译佛典的梵文或胡语底本也多亡佚殆尽了，不见此经的梵文或胡语底本实不足怪。

二、关于地藏菩萨的起源问题

顺着怀疑《大方广十轮经》为中土所造的思路，本书作者进而怀疑地藏菩萨也是中土造出来一个菩萨，其起源与印度本土和中亚无关。尽管地藏有一个完整的梵文名字 Ksitigarbha，但作者仍怀疑中文的地藏早于梵文的 Ksitigarbha，即对中国的地藏出现以前印度是否有 Ksitigarbha 菩萨表示怀疑。作者对地藏菩萨起源于印度或中亚的怀疑，集中在《附录二》中，其主要根据是：最早提到 Ksitigarbha 的梵文著作出现在公元八世纪以后，晚于中国内地的地藏文献（梵文著作指印度人 Santideva 所著的 Bodhicaryavatara 一书，书中有祈请 Akasagarbha、Samantabhadra、Manjughosa、Avalokita 等菩萨的内容，其中包括 Ksitigarbha 菩萨）；玄奘、辩机编纂于公元七世纪前半叶的《大唐西域记》和义净编纂于公元七世纪后半叶的《南海寄归内法传》中都没有提到印度有地藏崇拜；吐鲁番、和田等地发现的地藏图像资料虽然有印度、中亚因素，但总体上接近汉地风格（229—233 页）。

尽管有上述证据，但我们只要稍微浏览一下印度吠陀文献，就不难发现，Ksitigarbha 在吠陀时期就已出现了，见于《黎俱吠陀》。按照徐梵澄先生对《黎俱吠陀》中 Ksitigarbha 的理解，Ksitigarbha "其初原是指物理底土地，入乎大乘菩萨之林。这菩萨后起，但溯源仍可追到韦陀（即吠陀——引者）时代。"（徐梵澄《韦陀教神坛与大乘菩萨道概观》，收入《徐梵澄文集》（一），上海三联书店、华东师范大学出版社，2006 年，202 页）可见，地藏菩萨起源于印度已无悬念。至于玄奘、义净等不言印度有 Ksitigarbha 菩萨崇拜，或可理解为起于斯的 Ksitigarbha 在其本土并没有形成崇拜的氛围。事实上，不仅本土没有，在中亚也没有形成崇拜氛围。而西域地区的地藏造像遗存的确可视为汉地地藏信仰回流的结果，因其属汉地回流的佛教信仰，所以其影响主要限于狭义的西域（今新疆）地区，这与西域地区发现的地藏图像遗存正相一致。Ksitigarbha 菩萨在印度本土和中亚没有市场，而在中土却最终能大受追捧，恰说明了这位菩萨经历了一个从印度的“Ksitigarbha”到中土的“地藏”的转变过程。

三、关于《佛说地藏菩萨经》内容的理解问题

《佛说地藏菩萨经》系出自敦煌藏经洞的中晚唐时期的有关地藏菩萨的简短伪经，受到地藏信仰研究者的广泛关注。为便于说明问题，兹先引录如下：

尔时地藏菩萨住在南方瑠璃世界，以净天眼观地狱之中受苦众生。铁碓捣，铁磨磨，铁犁耕，铁锯解。镬汤涌沸，猛火旦天。饥则吞热铁丸，渴饮铜汁。受诸苦恼，无有休息。地藏菩萨不忍见之，即从南方来到地狱中，与阎罗王共同一处，别床而座（坐）。有四种因缘：一者恐阎罗王断罪不凭，二者恐文案交错，三者未合死，四者受罪了出地狱池边。若有善男子善女人，造地藏菩萨像，写地

藏菩萨经，及念地藏菩萨名，此人定得往生西方极乐世界。从一佛国至一佛国，从一天堂至一天堂。若有人造地藏菩萨像，写地藏菩萨经，及念地藏菩萨名，此人定得往生西方极乐世界。此人舍命之日，地藏菩萨亲自来迎，常得与地藏菩萨共同一处。闻佛所说，皆大欢喜，信受奉行。（《大正藏》卷八五，1455 页中）

此经文字通俗易懂，与疑伪经的语言风格的确很接近，属典型的本土所造经。不难看出，自“若有善男子善女人”句，经文内容可分前后两部分。前半部分显示了地藏在地狱的终极审判中所起的作用，突出了地藏的地狱拯救功能；后半部分则将地藏与往生西方净土联系了起来，他被赋予了西方接引菩萨的功能。这本是民众的创造，显示了民众已不满足于地藏仅圆满完成地狱拯救的本职工作，还希望它能在满足人们的终极愿望——往生净土方面有所作为，于是它又被赋予了西方接引菩萨的新功能。

但本书作者受 Gregory Schopen 等人的观点的间接影响，认为该经代表了一种类似 Gregory Schopen 分析印度佛教所注意到的趋势，在此趋势中，阿弥陀佛不再重要，所以净土世界的新来者地藏菩萨占据了中心舞台（106 页）。但首先从该经的内容看，地藏仅是信众往生净土的导引菩萨，实在看不出它的地位已经超过了阿弥陀佛；其次我们应当注意这样的事实，即从唐代以来出现的有关地藏的图像资料看，凡是观音、地藏、阿弥陀佛三身组合造像，从来都是阿弥陀佛居中，观音、地藏胁侍左右，且阿弥陀佛的身量都大过观音和地藏二胁侍菩萨。这雄辩地说明，在信众的心目中，地藏的地位虽然很高，但并未高过阿弥陀佛，至少在净土信仰层面是如此，所以作者的上述观点需要再斟酌。

四、关于佛形地藏的问题

众所周知，包括东北亚地区在内的地藏菩萨造像遗存主要为沙门形，除此之外，早期造像中还有少量菩萨装地藏，主要见于龙门地区，后来密教曼荼罗中的地藏也为菩萨装。另有披帽地藏，主要见于唐五代敦煌绘画和四川等地的石窟造像中，也见于东北亚高丽时代地藏绘画中。《大正藏・图像部》中的地藏图像，则是显体的沙门形与密体的菩萨装交互出现。目前所见地藏菩萨形象的类型大体如此。但是，本书作者在分析之后，认为陕西耀县药王山第 8 号龛唐代地藏造像具有佛像特征，因而将其称为佛形地藏（Buddha Dizang），并认为陕西彬县大佛寺武周时期造像中也有类似的地藏造像（68 页）。如果作者的观点成立，则无疑丰富了我们对地藏造像类型的认识，但笔者以为这样的判断还需要再斟酌。

耀县药王山和彬县大佛寺这些造像的头部以下，均着袈裟，而袈裟是佛僧通用，所以造像的躯体部分佛僧没有本质区别，因此，它们是否具有佛像特征，主要在于造像的头部。佛像头部应有发有肉髻，而普通沙门形地藏头部无发亦无肉髻，仅作光头形。药王山第 8 号龛造像的头部现的确为佛头（螺发，有肉髻），但此像原头已损毁，现存的头部系明万历年间补凿，已非原貌，当然，作者也注意到了这一点，不过她强调肉髻的轮廓线原来就有，言外之意，此像原头应是佛头。作者的判断主要源于常青先生的提示（常青《彬县大佛寺造像艺术》，北京：现代出版社，1998 年，184、250 页），可能还受到张总先生的启发（张总称彬县大佛寺有"佛相佛装地藏"，氏著《地藏信仰研究》，178 页），近期还有学者持类似的观点（陈佩姣《中原地区早期地藏造像之样式、渊源和信仰》，《云南社会科学》2010 年第 2 期，139 页）。看来此问题确实需要予以辨析。

从后来学者绘制的线图资料看，龙门宾阳南洞唐咸亨四年（673）牛懿德所造地藏菩萨像的确有高大肉髻（常青《龙门石窟地藏菩萨及其有关问题》，《中原文物》1993 年第 4 期，图一），但此像损毁严重，仅余轮廓，线图勾画是否准确，亦即原像是否确有肉髻，有待进一步查实。而药王山和大佛寺两处遗迹，根据笔者的实地踏查，不能肯定原像有肉髻：药王山地藏像所谓"原来就有的肉髻轮廓线"其实并不清晰，而大佛寺地藏造像中被认为具备佛像特征的造像遗例，其实头部均已风化损毁，仅余轮廓，从残存遗痕很难清晰看出原像有肉髻，更不必说头发了。所以，从现有的地藏图像资料中，明确析出一类所谓佛形地藏或佛相地藏是很困难的，因此，在没有更清晰的图像资料发现以前，笔者倾向于暂时不分出这样一类地藏形象。

本书作者认为，这类地藏形象很可能是《大方广十轮经》激发的结果（68页）。但笔者遍检此经，发现其中除单独提到大家熟知的地藏菩萨可作“声闻像”外，的确还提到地藏菩萨为能“成熟一切众生”而有若干变化身，但唯独没有提到可以转化为佛身。原文如次：

此善男子以是坚固誓力，能令成熟一切众生。如是族姓子，或作梵天身成就众生，或作自在天、大自在天、摩醯首罗天；或作欲界他化自在天、化乐天、兜率陀天、炎摩天、帝释身、四天王身；或作菩萨身；或作辟支佛身；或作声闻身；或作转轮圣王身；或作婆罗门、刹利、毘舍、首陀等身；或作男身女身；或作童男童女身；或作乾闼婆、紧那罗、摩睺罗伽、天、龙、夜叉身；或作罗刹身；或作鸠槃茶（荼）身；或作毘舍阇身；或作富单那身；或作师子身；或作虎狼身；或作象身、马身；或作水牛身；或作种种鸟身；或作阎罗王身；或作地狱卒身；或作地狱身，为诸众生种种说法。（《大方广十轮经》卷一《序品》，《大正藏》卷十三，681页下）

这里的“善男子”、“族姓子”指的就是地藏菩萨。《大乘大集地藏十轮经》内容略同。可见是否真有此类造像的确需要再斟酌。

对于今后的地藏信仰研究，图像资料和文献资料的整合似乎需要进一步加强。虽然目前对两者的结合已成为学界的共识，但如何更有效地发掘图像资料中的学术信息，并将其与传世文献、石刻史料以及出土文献有机地结合起来进行研究，是值得我们进一步思考的问题。从以往研究者的学术背景看，由于各自所受的学术训练不同，研究的着力点自然也就不同。以宗教美术史见长的学者自然偏重图像资料的整理分析，而以宗教学、历史学、古典文学见长的学者则自然偏重于文献文本的研究。目前的研究者虽然都在同时关注文本与图像，但能将二者有机结合的研究个案并不多见。事实上，图像资料提出的问题更富有挑战性，也是我们不能回避的，如地藏观音组合造像问题，地藏与阿弥陀佛、药师佛组合造像问题，披帽地藏的来源问题等，如果放眼整个东北亚，则由图像提出的问题更多，这些问题，有些学界已作初步探讨，但并没有得到彻底解决，有些则鲜有关注。这其中有些问题可能涉及地藏信仰的实质问题，和随着时代的发展信众衍生的信仰诉求问题，只有将图像研究和文本研究充分结合起来，在研究理路上兼顾宗教和世俗，才可能获得比较满意的解读。

我们高兴地看到，本书作者已注意到其中的一些问题，并已作了初步的尝试性探讨，所以本书一定程度上拓展了地藏信仰研究的问题空间，但探讨仍有待深入。总之，本书虽然存在一些可商之处，但仍有不少覃思妙想，无疑是近期地藏信仰研究领域取得的较重要的成果，值得重视。

（本文原载《唐研究》第十七卷，北京大学出版社，2011 年，收入本书时，补充了一则书评信息，即 Charls D. Orzech 发表在《中国宗教》上的评介）

贯通的尝试

——评李巳生《禅密造像艺术精华：两宋至明清时期》

李巳生先生（1923—2014），四川绵竹人，生前系四川美术学院雕塑系教授，1941 年入四川省立艺专，1942 年入重庆国立艺专雕塑系，1946 年国立北平艺专毕业。在长达半个多世纪的教学生涯中，李巳生先生一方面从事雕塑创作，代表性作品有《綦江烈士陵园纪念碑》、《保卫者》、《石油从这里开采》、《战鼓》等，另一方面致力于我国古代佛教造像艺术研究，是较早关注我国两宋以降各时期佛教造像艺术的学者之一，对我国西南佛教石窟造像艺术的研究作出了突出贡献。

他早在 1950 年代在西南人民艺术学院工作期间，就开始深入西南少数民族地区搜集美术资料。之后在四川美术学院雕塑系执教期间，他结合教学和科研，开始探索中国古代佛教造像艺术演变源流。所著《大足石刻》（朝花美术出版社，1962 年）、《筇竹寺五百罗汉塑像》（中国古典艺术出版社，1979年）以及所编《中国美术全集·雕塑卷·四川石窟》（人民美术出版社，1988年）、《中国美术五千年·雕塑卷·四川石窟佛教造像艺术》（人民美术出版社，1991年）、《中国石窟雕塑全集·大足石窟》（重庆出版社，2000年）等著作在学术界具有广泛影响。

按佛教造像艺术特别是佛教雕塑艺术，以往中外学术界的关注时段主要在集中在南北朝至隋唐时期，两宋以降鲜有关注，如梁思成的《中国雕塑史》（百花文艺出版社，1998年。本书是根据作者1929—1930年在东北大学讲授“中国雕塑史”的讲课提纲整理而成）主要侧重于南北朝隋唐时期，两宋极简略，而明清几乎阙如。学界对宋代佛教雕塑艺术的关注始于大足石刻，时值抗战时期的1939年秋至1940年春，梁思成、刘敦桢、莫宗江、陈明达等人对四川、重庆地区的古代遗迹进行了大规模的调查，内容包括汉阙、崖墓、古代寺院以及摩崖造像等，其中大足石刻是重要的考察对象之一。1945年陈习删主编的《民国重修大足县志》付印，刊载了大足石刻的基本信息，进一步引起文化界对大足石刻的关注，最终促成“大足石刻考察团”的成立。1945年春，由杨家骆、马衡、顾颉刚、傅振伦等15人组成的大足石刻考察团在大足进行了为期8天的考察。之后不久，考察团成员陆续在全国各大媒体或文史杂志中刊出自己的考察成果，如顾颉刚《大足小志》、杨家骆《大足石刻及其背景》、朱锦江《大足石刻艺术批评》、马衡《大足石刻古文孝经考》、傅振伦《漫话大足石刻》等，从而引起广泛关注。1947 年，杨家骆在上海首次向世界公布大足石刻，并在《环球画报》刊发石刻图片，同年，梁思成在普林斯顿大学发表题为《唐宋雕塑》、《建筑发现》的演讲，介绍大足石刻，至此，大足石刻开始以其精美的造像风格蜚声中外。不过，对大足石刻的深入研究始于中华人民共和国成立以后。李巳生先生对大足石刻的研究始于二十世纪 50 年代，是中华人民共和国成立后最早对大足石刻进行研究的学者之一，因而所著《大足石刻》是大足石刻研究早期阶段的重要成果之一，该书载图 200 多幅，忠实记载了二十世纪 50 年代大足石刻的现状。不同于一般的佛教美术研究者，由于李先生本身熟谙雕塑创作，故能将创作的理论和实践与学术研究有机地结合起来，因而他对佛教雕塑的造型特征以及雕塑技法往往有更深刻的体悟，故而认识更加精到，《筇竹寺五百罗汉塑像》一书的分析即充分体现了这一特点。

李巳生先生显然对西南地区的佛教雕塑艺术有长时段的观察，他指出，南北朝时期，来自南海和建康的佛教艺术对四川地区影响深远；从四川东汉佛教造像的萌芽到万佛寺梁代造像，可见南朝艺术在四川地区发展的特色和卓越的成就；从万佛寺出土的北周至隋唐的造像中，可以看到梁代风格的继续和发展，为四川地区的隋唐造像艺术奠定了深厚的基础（李巳生《成都万佛寺梁代造像艺术特色

李巳生著《禅密造像艺术精华：两宋至明清时期》，郑州：河南大学出版社，2012年

的形成》,《敦煌研究》1992 年第 3 期)。这些看法大体符合历史实际。

密教造像一直是李巳生先生佛教造像艺术研究的重点领域，他以西南地区禅密造像为中心撰写的系列论文发表于海内外期刊，在海内外引起较大反响，如《〈梵相卷〉探疑》、《川密造像初探》、《合川涞滩鹫峰禅窟造像内容探疑》、《报恩道场宝顶山——读经札记》等。李巳生先生晚年仍以“老骥伏枥”之志，笔耕不辍，其晚年的研究更注重融会贯通。

《禅密造像艺术精华：两宋至明清时期》(以下简称《精华》)一书既是李巳生先生有关宋元以降佛教造像艺术研究的集大成之作，又是他晚年研究注重融会贯通的具体体现，也是他学术生涯的收官之作。按照李先生自己的看法，他以往对佛教艺术的研究，主要限于某一时期或某一地域的作品，或限于某石窟某寺院的作品，难免有一定的局限性，而在佛教造像艺术发展中，雕塑与绘画的内涵和造型在流布中相互影响，不断变异出新。上至两宋，下迄明清，地无分南北东西，人无分汉族少数民族，各族人民共同创造了禅密造像艺术精华。

《精华》一书就是在上述思想指导下完成的，其根本主旨是欲探索两宋至明清佛教绘画、雕塑造像艺术发展演变的脉络。因此，相对于李先生以往的研究，首先在时空范围上，该书有了很大拓展，除了巴蜀地区的两宋造像外，还包括大理国造像系统、元明清藏传佛教造像系统以及辽金佛教造像系统。如此宏大的视域和气魄，体现了作者对横向纵向贯通的学术理念的尝试与努力。其次在研究内容上，该书既重视对作者以往研究的补充与完善，更重视推陈出新，从更宏观的角度进行规律性的总结。该书对我国宋代以后至明清时期的佛教艺术的主要特点进行的归纳和总结，即趋同呈异、多元交融、脉络贯通，有一定的理论创新，具有启发意义，对我国中古后期以迄近世的佛教艺术研究将会产生一定的影响。总之，《精华》一书体现了一位美术史家的终极追求，正如作者自己所言，“数十年来，当我每次站在石窟之前仰望造像，都会惊目动心，随造像风格演变、艺术魅力含蓄的吸引力而有新的感受，认识到过去文之不足”（引自李巳生先生之女李寻玉女史的新浪微博）。显然，李先生早已将石窟艺术研究视为自己的毕生追求。

《精华》一书由九章组成：第一章《祈福行道 解脱治国》、第二章《寺塔石窟造像》、第三章《大足北山佛湾石窟》、第四章《合川涞滩鹫峰禅窟》、第五章《宝顶山报恩道场石窟》、第六章《大理国〈梵像卷〉》、第七章《藏传佛教造像》、第八章《筇竹寺五百罗汉塑像》、第九章《脉络贯通 共创精华》。从地域上看，重点在西南地区，这显然是作者在就地利之便，但就材料的总体观察范围而言，包含了同时期的中原北方地区，体现了作者融会贯通的理念；从具体的研究对象来看，有些造像是作者数十年前已经接触探讨过的，如大足北山佛湾石窟造像、云南筇竹寺五百罗汉塑像等，这表明作者对某些作品的持久关注，数十年浸润其中，从而“有新的感受，认识到过去文之不足”，最终使自己的认识推陈出新，显示了作者强烈的学术自省意识。

不过，《精华》一书仍有一些需要反思之处。首先是概念方面。

或许是学科背景的差异而导致的视角差异，笔者认为《精华》中所使用的某些概念的周严性值得进一步探讨，比如“禅密”这一概念。在笔者看来，用“禅密”这一概念不足以概括宋以降佛教造像艺术的主要特征。

宋代以后中国佛教发展的趋势，从外部看，从宋以前的三教调和进一步走向三教合一，因此，三教合一成为佛教教外实践的主要内容；从内部看，诸宗界限逐渐泯灭，圆融会通成为主要趋势，因此，显密圆融、禅净圆融、禅密圆融等成为佛教教内实践的主要内容。这些内外变化都是佛教顺应时代潮流而作出的变通。

北宋高僧契嵩曾专文阐明儒佛二教的思想实质，说“儒、佛者，圣人之教也。其所出虽不同，而同归于治。儒者，圣人之大有为者也；佛者，圣人之大无为者也。有为者以治世，无为者以治心，故治世者，非儒不可也……儒者，圣人之治世者也，佛者，圣人之治出世者也”（《镡津文集》卷八）将儒、佛在治世与治心方面作出了合理分工，长短互补。三教合一说到明代发展至高潮。明代高僧元贤以"教必归理"的宗教观为指导论证了"三教一理"说，拉开了明代三教合一思潮的序幕。他主张融通三教，力图使三者相互取长补短，为此他提出了一个为其融通三教奠定理论基础的观点，即"三教一理"（李霞《论明代佛教的三教合一说》，《安徽大学学报》第 24 卷第 5 期，2000 年）。被称为"明末四大高僧"的云栖袾宏、紫柏真可、憨山德清及蕅益智旭则同倡"三教同源"论，共同把这一思潮推向高峰。如袾宏佛学思想的突出特色是对内会通禅、净、华严教义，对外圆融儒、佛、道三教。他提出"三教一家"说，认为儒佛道"理无二致，而深浅历然；深浅虽殊，而同归一理。此所以为三教一家也。"三教为何是一家？袾宏认为三教是同根同祖的关系，因而提出"三教同源"的观点（Chün-fang Yü, *The Renewal of Buddhism in China: Chu-hung and the Late Ming Synthesis*, Columbia University Press, 1981；李霞前揭文）。

事实上，从佛教造像艺术的内容看，"三教合一"的观念早在宋代就已完全落实了。大足石刻中，三教合一造像有多处，其造像形式因时代不同而各具特色。石篆山、石门山等处三教造像较早，如石篆山第 6 号刻孔子及十哲像，第 7 号龛刻三佛及胁侍；第 8 号龛刻老君像及胁侍。此三龛先后刻于北宋元丰至元祐年间，虽非一次规划、同时完成，但从整体布局上可以看出三者之间的内在联系，体现了创作者的“三教合一”观念。大足妙高山摩崖造像第 2 号窟开凿于南宋时期，直接将释迦、老子、孔子置于一窟，表明三者之间的联系进一步加强。正壁为释迦，结跏趺坐；左壁为老子垂足端坐；右壁为孔子，头戴冕旒，垂足端坐（赵志辉《冯楫与大足石刻妙高山三教造像考述》,《四川文物》1999 年第 2 期）。

从佛教内部看，约自中唐时期，开始出现诸宗圆融的倾向，这种倾向始自圭峰宗密提出的融合的佛教发展观，这一思想对五代以降特别是宋明时期的佛教发展产生了深远的影响（Peter N. Gregory, *Tsung-mi and the Sinification of Buddhism*, Princeton University Press, 1991, Paperback edition published by University of Hawai‘i Press, 2002; 董群《融合的佛教——圭峰宗密的佛学思想研究》，宗教文化出版社，2000 年）。五代宋以后，虽然宗派以及宗派之间表面的界限仍然存在，但内在的界限开始逐渐泯灭，宗派之间的圆融会通成为主要趋势。五代时期法眼宗禅师永明延寿倡导禅教合一、禅净合一、禅密合一，直接主张“禅净双修”：“有禅有净土，犹如带角虎；现世为人师，来生做佛祖。”（延寿《四料简偈》）延寿的主张直接推动了禅宗与诸宗的融合。延寿还将天台、华严、唯识三宗僧人召于一处，互相论辩，用禅宗理论加以会通（华方田、张风雷等编《中国佛教宗派理论（下）》，河北省佛教协会，

2001年)。延寿的主张无论对后世禅宗的发展还是后世诸宗的融合都产生了深远的影响。经过宋元的发展，对内圆融会通的思想在明末达到巅峰(释圣严《明末佛教研究》，宗教文化出版社，2006年)，以“明末四大高僧”为代表。云栖祩宏对内会通禅、净、华严教义，已如前述；憨山德清在对外主张儒、释、道三教融合的同时(王开府《憨山德清儒佛会通思想述评——兼论其对〈大学〉〈中庸〉之诠释》，载《华梵大学第三次儒佛会通学术研讨会论文选辑》，台湾华梵大学哲学系发行，1998年)，对内则主张显密合一、禅教合一、禅净合一、参观合一(谢重光《憨山德清对禅教、性相和净土的整合》，《福州大学学报》2019年第1期)。

值得注意的是，佛教内部圆融会通的宗教实践早在宋代已有完美的呈现，典型实例可举大足宝顶山大佛湾造像。此处造像规模宏大，系南宋居士赵智凤统一规划，历时数十年才勉强完成的(仍有少部分造像未完工)。此处造像最大的特点是题材内容的多样性，将多样性熔为一炉。这些题材部分可与禅、密、净、华严等宗派相联系，也有部分题材是当时社会信仰诉求的反映，与宗派无直接关系。主要造像题材包括“六道轮回”、“广大宝楼阁”、“华严三圣”、“千手观音”、“涅槃变”、“孔雀明王经变”、“毗卢道场”、“父母恩重经变”、“大方便佛报恩经变”、“观无量寿佛经变”、“六耗图”、“地狱变”、“柳本尊十炼图”、

“十大明王”、“圆觉道场”、“牧牛道场”等。对于宝顶山大佛湾造像的性质，有人认为是密教道场，整个宝顶山造像（包括小佛弯造像）可视为一个巨型的曼荼罗（Angela F. Howard, *Summit of Treasures*: *Buddhist Cave Art of Dazu, China*. New York: Weatherhill, 2001）；有人认为是水陆道场（侯冲《论大足宝顶为佛教水陆道场》，《大足石刻研究文集（5）》，重庆出版社，2005 年；同氏《回归佛教仪式旧有时空——三论大足宝顶为佛教水陆道场》，《大足学刊》第一辑，2016 年）。笔者认为，持密教道场说者很难解释何以密教道场中有如此多的非密教因素（姚崇新《西方视野中的巴蜀佛教艺术——何恩之〈宝顶：中国大足佛教石窟艺术〉读后》，《艺术史研究》第七辑，中山大学出版社，2005 年），而宝顶山大佛湾造像内容的多样性确乎与水陆道场的包罗万象有一定的相似性，但要坐实其为水陆道场目前尚缺乏更直接的证据，尤其直指安岳、大足两地同期造像中反复出现的“卷发人”为傅大士，没有证据。虽然目前对宝顶山大佛湾造像群的定性尚存在困难，但有一点可以肯定，它是宋代以来教内诸宗会融思想的具体反映，其中我们至少看到了显密合一、禅教合一、禅净合一诸倾向。同时，该造像群也是顺应宋代以来佛教进一步世俗化趋势的反映，因此，宝顶山大佛湾造像群除了有诸宗会融的特点外，还有将“制度化”形态的佛教与“分散式”形态的佛教会融的特点。

综上所述不难看出，虽然禅与密的融合也是宋代以后诸宗会融的主要内容，但用“禅密”这一概念远不能概括宋以降佛教造像艺术的主要特征：于外，完全没有涵括三教合一的信息；于内，也不能反映诸宗融合的深度与广度。

另外，《精华》在具体研究对象的选择上，也有失当之处。藏传佛教造像虽亦属密教造像，但与汉传佛教艺术所呈现的发展趋势以及发展趋势所包含的内在逻辑是有很大差异的，因此，不宜把藏传佛教艺术与汉传佛教艺术置于相同的逻辑下讨论。虽然藏传佛教也有显密圆融或显密合一的观念，但汉、藏佛教毕竟还是属于两个系统，所对应的艺术传统也属于两个系统。

（本文原载《美术报》2016 年 7 月 30 日第 16 版，收入本书时略作修改补充）

太史文和他的中古中国宗教研究

——读太史文《幽灵的节日》札记

Stephen F. Teiser（中文名太史文）是近几年美国汉学界升起的一颗新星，他目前的研究方向是中国中古时期的民间信仰。

最近十余年来，西方汉学界兴起了一股研究中国民间文化的潮流，出现了一批新成果，其代表作品有姜士彬（D. Johnson）等编的《中华帝国晚期的民间文化》（*Popular Culture in Late Imperial China*，Berkeley University of California Press 1985）。在有关中国民间文化的研究中，民间信仰是一个相当受重视的主题。不过以往的研究大多是人类学家以当代社会为对象而进行的，但近年这种情形有了改变。一些学者开始对历史上的民间信仰做比较深入的研究，如欧大年（L. Overmyer）的《民间信仰——传统中国晚期的异端宗派》（*Folk Buddhist Religion Dissenting Sects in Late Traditional China*，Harvard

University Press 1976)、韩森（V. Hansen）的《中国中古时期的变迁之神》(*Changing Gods of Medieval China 1127—1276*, Princeton University Press 1990. 该书最近已由浙江人民出版社出版）等。而太史文是其中较为突出的代表人物之一。

太史文可谓是美国汉学界的后起之秀，是近年美国汉学界比较活跃的人物。十年前他的名字还不大为中国学者所知，但随着近年其新作的不断问世，他的名字渐为中国学者所熟悉。太史文早年毕业于欧柏林学院，后就读于普林斯顿大学宗教学系，主攻东亚宗教，1986 年 获博士学位。现任铃木大拙讲座教授、普林斯顿大学宗教学系教授。博士论文题为《中国中世纪的盂兰盆节》，这篇论文为他今后研究中国中世纪的民间信仰打下了基础。1988 年，他在原博士论文的基础上修订出版了他的成名作——《中国中世纪的鬼节》(*The Ghost Festival in Medieval China*, Princeton University Press 1988. 以下简称《鬼节》)。由于该书从研究方法到视角均很新颖独特，分析到位，问世后受到学界普遍好评，认为“他对传统汉学及佛学领域的超越为未来中国宗教研究创立了一个新的模式”(F. Kleeman 语)，因而荣获美国学术团体理事会颁发的 1988 年度宗教史领域的最佳处女作奖。1994 年，他的另一部专著《十王经与中国中世纪佛教冥间的形成》(*The Scripture on the Ten Kings and the Making of Purgatory in Medieval Chinese*

Buddhism，University of Hawaii Press 1994）出版。此外，他还撰写了若干研究中国中古民间信仰的重要论文，如《中国中古宗教中的鬼与祖先——作为葬仪的盂兰盆节》（“Ghosts and Ancestors in Medieval Chinese Religion The Yu-lan-p’en Festival as Mortuary Ritual”，*History of Religion* 26 /1，1986）、《母亲、儿子与饿鬼——目连神话中的性别与超度》（“Mother，Son and Hungry Ghost：Gender and Salvation in the Mythology of Mü-lien”，Paper presented at the Annual Meeting of the American Academy of Religion in Atlanta 1986）、《民间宗教》（“Popular Religion”，*Journal of Asian Studies* 54，1995）、《绘画中的冥间——插图本〈十王经〉》（*Picturing Purgatory Illustrated Versions of the Scripture on the Ten Kings Images de Dunhuang*，Paris 1999），等等。

《鬼节》一书的中译本最近已由浙江人民出版社作为“外国学者笔下的传统中国”丛书之一种出版，汉译本书名为《幽灵的节日》。这本专著讨论的对象是中国中古时期的重要民间节日——盂兰盆节，而以目连救母的故事为贯穿全书的主题。本书的主旨是试图以这一节日为切入点来探讨中国传统文化的诸方面。对于大部分中国人来说，目连救母的故事并不陌生，因为这一故事曾改编成戏剧在中国民间广泛流行，而对于鬼节则更为熟悉，因为它就在半个多世纪以前还风行于中国的大江南北。直至现在，

太史文著、侯旭东译《幽灵的节日：中国中世纪的信仰与生活》，浙江人民出版社，1999年

在中国的某些农村地区，鬼节信仰的余绪仍在继续，可见它对中国社会影响的深远。

中国农历七月十五日是所谓中国传统的“鬼节”。据老人们讲，这一天地狱“放假”，众鬼纷纷出来活动，人们在这一天除了祭祀祖先以外，还必须对众鬼有所表示，或贡献祭品，或奉送纸钱，以送它们回到它们以前居住的幽冥世界中去，以此求得整个家庭的平安吉祥。记得儿时的我在过“鬼节”时曾在外婆的带领下到旷野中给众鬼烧纸钱，一边烧一边呼唤众鬼的名字，请它们来收“钱”。邻居家的孩子们此时也在做着同样的事情，饶有趣味，至今记忆犹新。在佛教的传统中，这一天是所谓的“盂兰盆会”，道教的传统则把它叫作“中元节”。这一节日的起源已无法确知，早在题名晋宗懔著的《荆楚岁时记》中已有关于“盂兰盆会”的记载，之后屡见于反映民间习俗的著作及方志材料中。中国民间似乎多袭用道教的称谓，即称“鬼节”为“中元节”，故江南有“七月十五是中元，地府开放鬼门关”的民谣。但是，对于大多数中国人来说，关于鬼节的知识只是一知半解，知其然不知其所以然。这不能不说是一种遗憾。

出自大洋彼岸洋学者之手的这本专著，基本上圆满解决了这一问题。举凡鬼节的起源、形成与发展，鬼节与佛、道二教的关系，鬼节与祖先崇拜的关系以及鬼节所昭示的深层的社会文化意义等，本书都有详尽的考辨与归纳。对一般读者而言，可藉此获得“鬼节”的完整印象。而对于学者尤其是从事宗教研究的学者而言，本书的价值远不止此。本书的研究方法和思维模式新颖独到，值得重视。在研究方法上，突破了以往就宗教论宗教的传统研究模式， 除传统的佛学研究方法之外，作者还运用了社会学、人类学的理论与方法。如作者采用了社会学家杨庆堃（C.K.Yang）所著《中国社会的宗教——对宗教的当代社会功能及其若干历史因素的研究》(*Religion in Chinese Society*：*A Study of Contemporary Social Functions of Religion and Some of their Historical Factors*，Berkeley University of California Press 1961）一书中的观点，即将中国宗教分成“制度化”（institutionalized）的宗教和“分散式”（diffused）的宗教两种宗教形态，并对杨说加以修订。在思维模式方面，作者一改过去传统学者重点关注宗教本身的思维方法，转而关注宗教与社会的互动关系，从而拓宽了宗教学研究者的视野，开阔了思路。可以预言，太史文教授的研究方法和思维模式将代表美国今后一个时期宗教学研究的方向。

《十王经与中国中世纪佛教冥间的形成》是太史文教授研究中国中世纪佛教与民间信仰的又一部力作，是《鬼节》一书的扩展与延伸，因而可视为《鬼节》一书的姊妹篇。该书以敦煌文献为基础，以中晚唐之际出现的佛教伪经《佛说十王经》为通贯全书的主题，对《佛说十王经》及中国中世纪佛教冥间的形成进行了详细的分析与考辨，其研究方法 与《鬼节》一书接近，颇具新意，值得一读。

（本文原载《文史知识》2001 年第 1 期，47—49 页。中国人民大学书报资料中心《宗教》2001 年第 4 期全文转载）

考古新发现与摩尼教研究的新进展

——读《吐鲁番新出摩尼教文献研究》札记

摩尼教研究在西方学术界早已成为一门显学，这在很大程度上得益于近世吐鲁番考古发现的推动。1902—1907 年间，德国探险队在吐鲁番先后进行了三次大规模的考古调查与发掘，其中的重要收获之一是在吐鲁番的高昌故城、柏孜克里克千佛洞等遗址中，首先发现了摩尼教寺院、洞窟遗迹和壁画，尤其是在吐鲁番获得了数千件中古摩尼教文献残片。这批文献由多种文字写成，包括中古波斯文、帕提亚文（安息文）、粟特文、古突厥文以及回鹘文等。这一发现引起了西方学术界的广泛关注，不久一些欧洲学者即开始对这批文献进行释读与研究。经过几代学者近一个世纪的努力，吐鲁番摩尼教文献的整理与研究取得了长足进步，成果卓著，其中的重要著作有玛丽·博伊斯（Mary Boyce）的《帕提亚语摩尼教赞美诗集》（*The Manichaean Hymn-Cycles in Parthian*, Oxford University

Press 1954）《德国吐鲁番收集品中摩尼文字所写伊朗语文献写本目录》（*A Catalogue of the Iranian Manuscripts in Manichaean Script in the German Turfan Collection*, Berlin 1960）和《中古波斯语和帕提亚语摩尼教文书读本》（*A Reader in Manichaean Persian and Parthian*, Teheran and Liege 1975）、阿斯姆森（J. Asmussen）的《摩尼教文献》（*Manichaean Literature.Representative Texts chiefly from middle Persian and Parthian Writings*, New York 1977）、宗德曼的（W. Sundermann）《中古波斯语和帕提亚语的摩尼教创造宇宙与譬喻文献》（*Mittelpersische und parthische kosmogonische und Parabletexte der Manichäer*, Berlin 1973）和《中古伊朗语摩尼教教会史文献》（*Mitteliranischen manichäiesche Texte kirchen geschichtlichen Inhalts*, Berlin 1981）、森安孝夫的《回鹘摩尼教史之研究》、克林凯特（H. -J. Klimkeit）的《丝绸之路上的诺斯替教——中亚发现的诺斯替教文献》（*Gnosis on the Silk Road:Gnostic Texts from Central Asia*, New York 1993）等（以上文字主要参考了荣新江《海外敦煌吐鲁番文献知见录》第三章《德国收集品》，南昌：江西人民出版社，1996年，73—89页）。随着研究的不断深入，吐鲁番在研究中古东方摩尼教史上的地位越来越凸显，目前趋于一致的看法是，吐鲁番曾是摩尼教东方教团的重要活动中心之一。

柳洪亮主编《吐鲁番新出摩尼教文献研究》，文物出版社，2000 年

1981 年的夏季，在吐鲁番摩尼教文献研究史上是一个值得纪念的季节，因为这个夏季在吐鲁番又有摩尼教文献的重大发现。此前不久的 1980 年冬天，吐鲁番地区文管所对柏孜克里克千佛洞崖前堆积进行清理时，发现了汉文、回鹘文等多种文字的文书若干件。1981 年夏天继续清理时，又有更重大发现，工作人员在清理柏孜克里克千佛洞 65 号窟内坍塌的土沙时清理出 3 件粟特文和 5 件回鹘文摩尼教写本文书。其中编号为 81TB65: 1（原编号为 81TB21: 1，整理者称之为“书信 A”）的文书是一件由 9 张纸粘贴连接而成的长卷，高 26 厘米，长 268 厘米，存墨书粟特文 135 行，是 3 件中最长的写卷（参看吐鲁番地区文管所《柏孜克里克千佛洞遗址清理简记》,《文物》1985 年第 8 期）。另两件编号为 81TB65: 2 和 81TB65: 3，被整理者分别称为“书信 B”和“书信 C”。在书信 A 和书信 B 各自的接缝处以及靠近纸张上下缘的地方钤有圆形朱印若干方，钤于上下缘的印鉴呈上下对称分布，而被称为书信 C 的信件却没有钤印。在长卷中间的部位有一幅工笔重彩的彩绘插图，色彩十分鲜艳。插图正中是一行粟特文金字榜题，榜题两侧各绘一身女性胁侍，相向而立于带梗莲座上，身体呈 S 形扭曲，体态婀娜。二女胁侍服饰统一，皆戴饰珠宝冠，头后有圆形头光，着圆领窄袖红色上衣，下着绿色 / 蓝色曳地长裙。左侧胁侍双手托笙 [形近敦煌榆林窟第 16 窟（五代时期）所绘的笙]，作吹奏状；右侧胁侍双手执筚篥（前揭《简记》称为“箫”。按“筚篥”与“洞箫”外形相近，操持姿势亦相近。但笔者倾向于认为女胁侍所执为起源于西域的乐器筚篥而非汉地乐器洞箫）亦作吹奏状，故二女胁侍的身份应属伎乐一类，但其身后的头光又表明她们绝非凡间伎乐。伎乐身体边缘及帛带边缘均点缀着金色珠状物。画面上方正中一条红色帛带托护着一只金色圆盘，帛带于圆盘下方环绕成桃形结之后，两端向两侧翻飞上扬。圆盘所托物是一顶帽子，帽缘呈黑色三岔形，帽身呈白色筒状。这应是教主摩尼所戴的帽子，因为帽子的形状与二十世纪初德国吐鲁番考察队在高昌故城所获的摩尼肖像壁画中摩尼所戴的帽子的形状基本一致[①]。整幅画面所表现的内容以及构图形式与德国吐鲁番考察队在高昌故城所获的摩尼教书籍扉页插图基本一致[②]。

如此完整的摩尼教文献不仅在吐鲁番是首次发现，在世界范围也是首次发现，而这幅绘画也堪称摩尼教艺术中

① 参看 A.von Le Coq und E.Waldschimdt, *Die buddhistische Spätantike in Mittelasien*, I–VII（中译本名《新疆佛教艺术》，管平、巫新华译，乌鲁木齐：新疆教育出版社，2006 年），Berlin 1922–1933（rep. Graz 1973–1975），II, Tafel 1a. 勒柯克将该件摩尼肖像的年代定为公元 8—9 世纪。

② 同上书，II, Tafel 3. 勒柯克将该件摩尼教书籍扉页插图的年代定为公元 9—10 世纪。

的精品，其艺术价值和学术价值均不可低估。故而这一发现再次引起国际学术界的轰动与关注，许多伊朗语专家和摩尼教学者将目光再次投向吐鲁番。1988年5月，日本回鹘文专家森安孝夫和粟特文专家吉田丰来吐鲁番考察，中日双方达成合作协议，根据协议，由中日共同整理、研究、出版柏孜克里克65号窟出土的这批粟特文和回鹘文文献。柳洪亮先生主编的《吐鲁番新出摩尼教文献研究》（文物出版社，2000年）便是这次合作的成果。本书正文由"文献考释"和"专题研究"两大部分组成。书首附图版8幅，是这批摩尼教文献的全部图片资料。书末附《新出摩尼教书信文献文书情况一览表》和《柏孜克里克千佛洞出土的粟特文佛经残片》。

正文的"文献考释"部分占本书三分之二强的篇幅，所以是本书的重点。该部分又分为"粟特文考释"和"回鹘文考释"两小部分。"粟特文考释"部分即是对上述3件粟特语文献的释读，占去了文献考释的大部分篇幅，所以是本书的"重中之重"，由吉田丰博士完成。内容包括原文转写、翻译、注释和词汇表，文末并附参考文献。注释部分尤为详细，并充分参考了当今学术界伊朗语大家宗德曼（W. Sundermann）、辛姆斯·威廉姆斯（N. Sims-Williams）、亨宁（W. B. Henning）以及格施威彻（I. Gershevitch）等人的研究成果，以及回鹘文专家茨默（P. Zieme）研究回鹘摩尼教文献的成果。据笔者对其所附参考文献的统计，作者参考宗德曼的文献达 17 种之多，参考辛姆斯·威廉姆斯的文献达 15 种之多，参考亨宁的文献有 8 种，参考茨默的文献有 6 种，因而吉田先生的释读可以代表当今学术界对这批粟特文解读的最高水平。

根据吉田丰先生的释读结果，这三封信全部是摩尼教徒的通信，吉田先生在前言部分对它们的性质内容和年代作了简要说明。书信 A 和书信 B 的收信人系同一个人，是一位名叫马尔·阿鲁亚曼·普夫耳（mr’ry’ m’ n pwxr ）的慕阇。摩尼教教主住在巴比伦，其下整个摩尼教教团分成十二个教区，各教区除一般信徒和僧尼以外，有一位慕阇、六位拂多诞、三十位默奚悉德，共五个等级组成。所谓“慕阇”，是五等级中最高级别的称号。由书信 A 和 B 明确记载，阿鲁亚曼·普夫耳是东方教区的慕阇。这些信件出自柏孜克里克，吉田丰据以判断当时东方教区的慕阇曾经住在这里。又书信 A 和 B 均钤有朱色印鉴，而书信 C 不钤印，且收信人也不是慕阇阿鲁亚曼·普夫耳，吉田先生据以判断书信 A 和 B 具有公文性质，而书信 C 则属私人信件（4 页）。

吉田先生的上述判断均比较允当。既然具有公文性质的信件和私人信件一起出土，表明它们原本就是存放在一起的，而且这些书写纸也没有被后来改作他用的迹象，可见，包括下文即将提及的另外 5 件回鹘文书信在内的这批公私信件很可能是作为档案的原始收藏。那么，将公私信件作为档案收藏的目的是什么？可见这批信件隐含的信息值得进一步探究。无论如何，这组摩尼教信件文书的出土揭示了这样一个事实：柏孜克里克存在更多的摩尼教洞窟。这一方面印证了学者们的早期判断[①]，另一方面，根据出

①最早注意到柏孜克里克千佛洞有摩尼教洞窟的是德国学者格伦威德尔（A. Grünwedel），他在二十世纪初率德国普鲁士吐鲁番考察队在吐鲁番考察时，发现了柏孜克里克千佛洞第38号窟（原编为25号窟）后壁的摩尼教“生命之树”壁画，临摹后公之于众，从此吐鲁番石窟中有摩尼教绘画渐为世人所知（A. Grünwedel, *Bericht Über Archäologische Arbeiten in Idikutschari und Umgebung im Winter* 1902–1903, München 1906）。但真正将此窟判定为摩尼教洞窟的是俄国学者奥登堡（S. F. Oldenburg），1914年，他在新疆考察报告《1909—1910年俄国的新疆考察》一书中明确指出该窟为摩尼教洞窟。之后，阿甘（J. Hackin）和克林凯特又作了进一步的论证。1991年，日本学者森安孝夫发表长文《回鹘摩尼教史之研究》（《ウイグ＝マニ教史の研究》，《大阪大学文学部纪要》第31、32合并号，1991年8月。荣新江书评载《西域研究》1994年第1期，99—103页），该文第一章《ベゼクリク千仏洞中のマニ教寺院》对柏孜克里克千佛洞中的摩尼教洞窟，尤其是第38号洞窟进行了全方位的研究，指出该窟年代在9世纪末到10世纪前半。森安氏的研究将吐鲁番摩尼教石窟和摩尼教史的研究推进了一大步，经过森安氏的一番考察论证，柏孜克里克千佛洞存在更多的摩尼教洞窟的可能性似乎是存在的。1992年以来，我国石窟考古专家晁华山氏陆续发表了他两次考察吐鲁番摩尼教石窟的初步报告（《火焰山下无名的摩尼寺》，《文物天地》1992年第5期，26—29页；《初寻吐鲁番摩尼教寺院踪迹》，台湾《辅

土文书洞窟的具体位置，结合早期学者对该石窟群中其他摩尼教洞窟的判定，使我们对柏孜克里克石窟群中摩尼教洞窟的分布格局有了进一步的认识，从而为我们研究该石窟群佛教与摩尼教势力的消长以及二教在此地的相激相融提供了重要线索。

关于这三件书信的年代判定，吉田先生在参考了辛姆斯・威廉姆斯和哈密顿（J. Hamlton）联袂对敦煌突厥粟特语文献的研究，以及恒宁、森安孝夫对回鹘摩尼教文献研究之后，将这批书信的年代确定在公元 10 世纪。这一推断基本可信。对粟特文的解读是当今世界学术界的重大难题之一，笔者于此纯属门外，对吉田先生的释读不敢妄置一词。但这三件文书的释读花了他整整十年的时间（本

> 仁神学论集》第 94 期，1992 年；《初寻高昌摩尼寺的踪迹》，《考古与文物》1993 年第 1 期，84—93 页；《寻觅湮没千年的东方摩尼寺》，《中国文化》第 8 期，1993 年，1—20 页），报告宣称，通过对洞窟形制和洞窟壁画特征的分析，可以确定吐鲁番吐峪沟、柏孜克里克以及胜金口三处石窟群中尚留存有数十个摩尼教洞窟。虽然学界已普遍接受吐鲁番存在摩尼教洞窟的事实，但晁氏提出的洞窟数量仍然超出了人们的想象，因而晁氏的看法受到较多质疑（最有代表性的质疑如本书所收柳洪亮先生的《吐鲁番胜金口北区寺院是摩尼寺吗？》一文，详后文评介），看来，对吐鲁番摩尼教洞窟的辨认工作有待继续。不过，晁氏将视野扩大到柏孜克里克以外的区域，这对今后的寻找方向还是有一定启发意义的。

书《前言》中用了“十易寒暑”一词），其难度可想而知。由于目前对粟特文的释读仍是世界难题，释读这种死文字的不确定因素很多，吉田先生的释文也许还有可商之处，这也完全合乎情理。随着今后研究的深入，学界对他的成果或许会稍有修正，但无论如何，吉田先生的首释之功不可没。

“回鹘文考释”部分是对上述5件回鹘语文书的释读，由熟谙回鹘文的森安孝夫博士完成。由于这5件文书也都是书信，属回鹘摩尼教徒的通信，所以整理者接续了前文粟特文书信的命名，将它们依次定名为书信D（81TB65: 4）、书信E（81TB65: 5）、书信F（81TB65: 6）、书信G（81TB65: 7）和书信H（81TB65: 8）。但它们保存的完整程度远不及前三件粟特文文书，其中最长的一件正背相加只有33行，而最短的一件仅有4行。不过森安先生只对原文进行了转写和翻译，没有注释和对写本年代的判断，略感遗憾。

回鹘文书信虽然信息虽然有限，但如前文所言，包括粟特文在内的这批信件很可能是作为档案的整体存放，那么，如果将回鹘文和粟特文信件作为一个整体来考察，或许能发掘出更有价值的信息。

“专题研究”部分由有关吐鲁番摩尼教的三篇研究论文组成。

第一篇：荣新江《摩尼教在高昌的初传》。本文对某些学者提出的摩尼教在吐鲁番传播的时间上限可到公元七世纪中叶的观点提出质疑，从考古学、文献学以及历史学的角度对摩尼教初传高昌的年代进行了详细考察，结论认为“摩尼教在高昌的出现，与 792 年吐蕃占领西州后迁走一批高昌官吏及高僧有关，佛教的衰落，为摩尼教的兴起提供了时机。803 年漠北回鹘汗国直接控制高昌后，摩尼教团立稳脚跟，并渐渐广泛传播。”（229 页）颇具说服力。据笔者所知，这篇文章是目前关于摩尼教初传吐鲁番年代问题的最系统的研究，代表该问题研究的最新进展。本书刊布的这批粟特语摩尼教文献的年代为荣先生的观点提供了又一旁证。

第二篇：柳洪亮《吐鲁番胜金口北区寺院是摩尼寺吗？》。本文就某些学者提出的吐鲁番胜金口北区寺院是摩尼寺的观点提出质疑，从考古学角度对胜金口北区石窟寺进行了考察与辨析，认为它们是唐代西州统一规划、一次建成的佛教寺院，与摩尼教无关（248 页）。笔者以为，寻找吐鲁番摩尼教石窟寺遗迹的工作目前尚处于起步阶段，问题的彻底解决仅靠地面的遗存还远远不够，必须对柏孜克里克、吐峪沟、胜金口等几处大的石窟群进行系统的考古调查和窟前遗迹的发掘，要特别关注洞窟的改建和打破情况。吐鲁番的佛教石窟开凿史比摩尼教石窟的开凿要久远得多，因而不排除在当地佛教走向衰落后，摩尼教徒直接改原有的佛教石窟寺为摩尼教石窟寺的可能性。当然也不排除佛教利用摩尼教洞窟的可能性，因为佛教与摩尼教在一定时期内在吐鲁番地区呈交错发展的可能性是完全存在的。但这些推断同样有待运用考古学的方法来证实。

第三篇：吉田丰《柏孜克里克摩尼教粟特文书信的格式》。文章认为本书刊布的三件粟特文书信“开头和结尾部分都是遵循着一定的格式书写的。其书信格式一方面与《古代书简》（4 世纪初）和穆格山文书（8 世纪初）相似，另一方面与同时代的回鹘文书信又有相同之处”（250 页）。这篇文章表面上看起来讨论的只是文本文献书写的结构问题，实则它隐含的意义却很深刻，一方面，它提示我们要注意这批书信中粟特文书信和回鹘文书信之间的内在联系，另一方面，它为我们了解粟特人与回鹘人在语言、文字方面的相互影响提供了具体实证，而这种实证并不是随处可见的。

附录一：森安孝夫、侯世新编《新出摩尼教书信文献一览表》。该表格对这批新出摩尼教文献的整体情况进行了概括，我们可藉此获得有关这批文书的完整信息，较有参考价值。

附录二：吉田丰《柏孜克里克千佛洞出土的粟特文佛经残片》。该文是对 1980 年柏孜克里克千佛洞新发现的 10 件粟特文佛经残片的释读。这些文书虽然很残，但仍给我们提供了一些重要信息，如根据这批文书的出土地点我们可以推测柏孜克里克可能曾建有粟特佛教石窟，或可能有粟特佛教僧人活动。又大部分文书背面被再次利用书写回鹘佛经的现象似乎提供了粟特人信仰佛教要早于回鹘人的证据。因而这批文书是研究吐鲁番地区粟特人佛教信仰情况的珍贵资料。

总之，本书的出版将会再次推动吐鲁番摩尼教乃至中亚摩尼教的研究。

（本文原载《书品》2001 年第 3 期。初刊时限于篇幅，部分内容被删去，收入本书时恢复了原貌。）

究竟是粟特人还是鲜卑人？

——读许全胜《西陲坞堡与胡姓家族——新获吐鲁番出土文献的若干问题》札记

2008 年，由荣新江、李肖、孟宪实主编的《新获吐鲁番出土文献》（以下简称《新获》），在北京中华书局出版，内容包括自 1997 年至 2006 年在吐鲁番洋海墓地、阿斯塔那墓地、巴达木墓地、木纳尔墓地、交河故城沟西墓地以及交河故城、台藏塔遗址等地出土的文书、墓志资料，还有部分征集文书，也大多出自吐鲁番的古代墓葬，文书的时间跨度自高昌郡时期至唐西州时期。《新获》所收虽然在数量上远不及《吐鲁番出土文书》，但内容十分丰富，有不少内容是以往出土文书所无，有很高的学术价值，因此《新获》出版后即受到学界广泛关注，评介类文字达 7、8 篇之多，其中包括许全胜先生的《西陲坞堡与胡姓家族——新获吐鲁番出土文献的若干问题》（载 Irina Popova and Liu Yi, eds., Dunhuang Studies:Prospects and Problems for the Coming Second Century of Research, St. Petersburg:

Slavia, 2012, pp.284-292. 以下简称《问题》）一文。值得注意的是，相较于其他几篇评介类文字，《问题》的问题意识更加突出，指出了《新获》在整理过程中存在的一些问题，“旧学商量加邃密，新知培养转深沉”，这有助于推进对某些问题的认识。不过，细审《问题》所指出的问题，有的的确切中肯綮，但有的似乎仍有进一步“商量”的余地。笔者曾忝列《新获》整理小组之中，因而对《问题》所涉及的问题当然格外重视。以下就阅读《问题》所及，形成札记若干条，以就教于许先生。

1. 关于“埽”字

《问题》认为，《前秦建元二十年（384）三月高昌郡高宁县都乡安邑里籍》第二片第17行录文“埽坞下桑二亩入杨抚”（《新获》，179页）中的“埽”字应当录作“𡏖”字，即“巢”的异体字，而“埽”字的本义是指用秫秸、石块、树枝捆扎成圆柱形用以堵口或护岸的东西，与“坞”连用文义不合，并认为“巢坞”与“巢车”的构词及功用相似，古兵车有瞭望台者曰巢车（《问题》，284页）。依此可以推导出，坞堡有瞭望台（即望楼）者可谓之“巢坞”。

但笔者仔细观察图版原文的写法（图1），录作“埽”更接近原形，唯一不好交待的是“帚”头上的三点。若依许文释作“𡏖”，字形也未必与原文吻合。比照同件文书第2、8行两个“常”字下部“巾”的写法（图2、3）以及第7、17行“桑”字下部“木”的写法（图4、5），可以肯定该字右下方的结构为“巾”而非“木”字。“常”字中“巾”的左右笔画连为一体，这与该字右下方的左右笔画的处理完全一致，相反，“桑”字中“木”的撇和捺是分开的，不连笔，与该字右下方的写法明显不同。既然该字右下方的结构为“巾”而非“木”字，那么该字右半部分不可能是“巢”字。

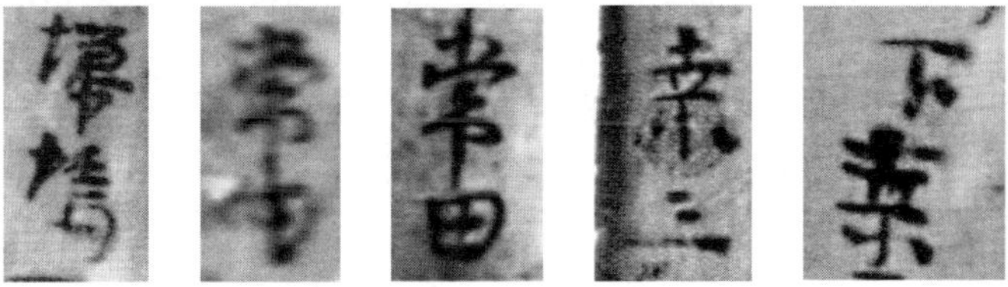

图1　　图2　　图3　　图4　　图5

另外，《问题》将“巢”视为“巢”的异体字，从而将其与“巢车”相联系，但并无字书依据。字书明确说“巢”为地名，在山东聊城（《玉篇·土部》、《龙龛手镜·土部》），与“巢车”无涉。最后需要指出的是，该件文书第19行“坞园”前一字笔画残损严重，《新获》作“□”处理，这本是正确的处理方式，而《问题》径补录为“巢”字，没有道理。

按“埽”字的本意，除了指古代治河时用树枝、秫秸、石头等捆扎而成的用来护堤堵口的东西外，还引申为用秫秸修成的堤坝或护堤。另外，也同“扫”，作动词用，苏轼诗“五亩渐成终老计，九重新埽旧巢痕”之“埽”字即取此意。“埽”字一般不加竹字头，但文书原字有竹字头，究其原因，可能是因为“帚”的俗字写作“箒”的缘故（“箒”为“帚”的俗字承蒙朱玉麒先生见告，谨此致谢）。

综上以上字形对比和字义分析，笔者认为，《新获》将该字释为“埽”仍是最佳选择，若释为“壧”字，与同件文书的其他字形显然不合，而荣新江先生将“埽坞”理解为“堤岸旁之坞”也应该说得通（荣新江《吐鲁番新出〈前秦建元二十年籍〉研究》，《中华文史论丛》2007年第4辑）。

2. 关于吐鲁番文书中的“和”姓

吐鲁番文书中和姓人名颇多，除了《新获》所见以外，检索《吐鲁番出土文书人名地名索引》还有更多发现。《问题》根据《魏书·官氏志》鲜卑素和氏后改为和氏的记载，将吐鲁番文书中的和氏归入鲜卑（《问题》，286页），但中原早在先秦时代已有和姓，所以将吐鲁番文书中的和氏径视为鲜卑人似乎不妥。

高昌和氏的来源没有特别的资料说明，但和氏在当地的政治地位较高，应属于高昌大族。建昌元年（555），和氏有任长史者；大约延昌十七年（577），和氏有任县令者；延昌二十七年（587），有通事令史和乐；义和二年（615），又有和氏任长史。还有侍郎、屯田主簿等。高昌时和氏最高任职似乎是郎中，因为有“和郎中寺”存在。和氏女性中有为高昌王妃者，如义和五年（618）写经题记中的夫人和伯姬，另外，和氏也是“义和政变”参与者，与义和政权的关系非同一般（参看孟宪实、姚崇新《从义和政变到延寿改制——麴氏高昌晚期政治史探微》,《敦煌吐鲁番研究》第二卷，1996 年）。综合和氏的政治地位和大族特征看，高昌和氏源自中原汉姓的可能性最大。

3. 关于吐鲁番文书中的“目”姓和“穆”姓

《问题》也将吐鲁番文书中的目、穆二姓视为鲜卑姓氏，其证据是《魏书 · 官氏志》云“丘穆陵氏后改为穆氏”，而“丘穆陵”又写作“丘目陵”，因此目氏即穆氏，两者是同源异流的关系，吐鲁番文书中的穆氏和目氏，也属于同源异流，他们都是鲜卑人（《问题》，286 页）。“目”、“穆”可同音互换，这一点没问题。但将文书中的目、穆姓径视为鲜卑人则是轻率的。迹象表明，吐鲁番文书中的目姓、有波斯人，也有粟特人，但没有证据表明有鲜卑人。

斯坦因所获阿斯塔那出《唐开元十年西州长行坊发送、收领马驴帐》中有兽医名“目波斯”，此人以“波斯”为名，而“波斯”这个音译词在中国古代文献中的对应关系十分稳定，即指古波斯（阿契美尼德王朝）或萨珊波斯王朝，因此，此人应是以国名为名的波斯胡人。按以国名作为人名的做法在中古入华胡人中并不罕见，如敦煌文书中有“曹安国”。当然，吐鲁番文书中的目姓或穆姓胡人中更多的是来自穆国（Maimurgh）的九姓胡，如64TAM31:14《高昌曹莫门阤等名籍》（《吐鲁番出土文书》图录版第一册，文物出版社，1992年，359页）中有穆钵息，“钵息”对应的是粟特语 p'rsyk[参看王丁《胡名释例》，载日本《敦煌写本研究年报》第十三号（高田时雄先生古稀记念特辑），2019年，111页]。再如，64TAM35:15《武周长安三年（703）曹保保举钱契》中的目姓母亲与其子曹保保以及借贷人史玄政显然都是粟特人（《吐鲁番出土文书》图录版第四册，文物出版社，1996年，524页）。以目为姓的波斯人、粟特人进入内地后，通常改为穆姓，如《太平广记》、《宋高僧传》中记载有波斯人穆昭嗣。

吐鲁番文书中又有叫目浮知盆的胡人，“目浮知盆”应是典型的粟特人名，粟特语专家早有定论，而《问题》将其视为取粟特式人名的鲜卑人，没有任何根据，纯属臆断。《问题》甚至怀疑《敦煌差科簿》中有可能存在粟特人取鲜卑式人名的情况，同样没有任何依据。

最后需要补充的是，吐鲁番文书中罕见鲜卑人的信息，仅在阿斯塔那225号墓发现了一组武周时期的与鲜卑别部吐谷浑归朝事有关的文书，但这组文书本身的信息尚不足以说明吐谷浑灭国后其余部是否曾进入吐鲁番盆地（参看齐东方《吐鲁番阿斯塔那二二五号墓出土的部分文书研究——兼论吐谷浑余部》,《敦煌吐鲁番文献研究论集》第二辑，北京大学出版社，1983 年）。《问题》在做问题预设时，似乎没有考虑这一重要背景。

4. 关于《新获》的编撰体例问题

《问题》认为,《新获》所拟凡例大体完善，但缺字据上下文例或文义明显可补者，应在□旁加注补字或将补字写入【 】内（《问题》, 288 页）。笔者以为似乎没这个必要，这样可以最大限度地尊重文书的原貌。整理者根据上下文例或文义可以补出的文字，相信研究者也有能力补出，因此，这部分工作由研究者根据自身研究的需要来做更合适。

5. 关于《新获》的释录、标点问题

《问题》针对这两方面提出的质疑有一些可以采纳，如“误释”中指出的诸项，除第 3 项外，其余基本上都可以接受；再如“标点问题”中所作的标点修改，大部分可以接受。但“标点问题”中第 3、7 项中补出的“右”、“七”、“徙”诸字，似无必要，特别是“七”字没有任何依据。

第二辑　序与跋

敦煌学视野中的三夷教

——《敦煌三夷教与中古社会》导言

三夷教是汉籍对中古时期曾流行于我国的祆教（又称火祆教、拜火教，是琐罗亚斯德教的变种）、摩尼教（宋以后渐称明教）、景教（即基督教聂斯脱利派）等三种外来宗教的总称。这三种宗教均起源于西亚地区，在中古时期经由中亚、西域传入中国内地。虽然它们在唐代曾盛极一时，但由于它们没能像佛教那样成为主流宗教，在中国扎根并发扬光大，文献对它们的记载也就没那么丰富，只留下一些零星记载。因此，新材料的发现对我国三夷教的研究具有更为特殊的意义。20 世纪初敦煌遗书的大发现，直接促成了中国摩尼教研究的兴起，也为中国景教的研究揭开了新的一页，而对入华祆教的研究，也有巨大推动。由新材料而新问题，自从敦煌遗书发现以后，入华三夷教的研究便与敦煌紧密联系在一起，从而使三夷教研究成为敦煌学的一个重要组成部分。毋庸置疑，如果没有敦煌的大发现，中国三夷教的研究断然不会有今天的格局，更不会有今天的广度和深度。这便是敦煌遗书的发现对于三夷教研究的特殊意义。

一

敦煌文书中有关祆教的记载虽然也比较零星，更没有发现人们所期盼的祆教经典，但这些零星的信息对入华祆教史研究而言却具有独特的价值，而敦煌发现的祆教绘画更是天壤间唯一的珍品，使我们得以初识中国境内祆神的面貌，因此，藏经洞所出有关祆教的文书和艺术品一直牵动着入华祆教史和祆教艺术史研究者的心绪。事实上，这些材料大大拓展了入华祆教的研究空间。

陈垣先生于1923年1月在《国学季刊》第1卷第1号上发表的《火祆教入中国考》[①]一文被公认是中国火祆教研究的奠基之作，因为此文问世之前，国内外尚无以科学方法系统研究中国火祆教的成果。陈垣先生的研究虽然以梳理传世文献记载为主，但已注意到敦煌写本中的祆教信息。陈垣先生在梳理唐代祆教文献时，引用了敦煌写本《沙州都督府图经》“杂神”条中有关敦煌祆祠的记载，这是学术界首

① 校订稿收入《陈垣学术论文集》第一集，北京：中华书局，1980年，303—328页。

次关注敦煌写本中的祆教信息。继陈垣先生之后，国内外学术界对敦煌写本和绘画中的祆教信息给予了长期关注。

这些研究成果有些是在有关入华祆教和入华粟特人的讨论中关涉敦煌文书中的祆教信息，有些则是对敦煌及其周边祆教及祆教艺术的专门研究。前者如石田幹之助《支那琐罗亚斯德教考》[1]、《祆教丛考》[2]；神田喜一郎《祆教杂考》[3]、《关于“敦煌十二咏”》[4]；翟理斯（L. Giles）《敦煌六百年》[5]；那波利贞《祆庙祭祀小考》[6]；池田温《八世纪中叶敦煌的粟特人聚落》[7]；饶宗颐《穆

①《支那に於けるザラトウ—シトラ教に就いて》,《史学杂志》第 34 卷第 4 号，1923 年。

②《祆教丛考——神田学士の < 祆教杂考 > を读みて》，《史学杂志》第 39 卷第 6 号，1928 年；收入氏著《东亚文化史丛考》，东京：东洋文库，1973 年，221—246 页。

③ 载《史学杂志》第 39 卷第 4 号，1928 年，381—394 页；修订稿收入氏著《神田喜一郎全集》第 1 卷《东洋学说林》，京都：同朋舍，1986 年，72—84 页。

④《“敦煌二十咏”に就いて》，《史林》第 24 卷第 4 号，1939 年；修订稿收入氏著《神田喜一郎全集》第 1 卷《东洋学说林》，102—117 页。

⑤ L. Giles, *Six Centuries at Tun-huang* (China Society Sinological Series) , London, 1944.

⑥ 载《史窗》第 10 号，1956 年，1—27 页。

⑦ 见辛德勇著《唐研究论文选集》，北京：中国社会科学出版社，1999 年，1—67 页。

护歌考——兼论火祆教、摩尼教入华之早期史料及其对文学、音乐、绘画之影响》[①]；张广达《祆教对唐代中国之影响三例》[②]；龚方震、晏可佳《祆教史》[③]；林悟殊《波斯琐罗亚斯德教与中国古代的祆神崇拜》[④]；荣新江《北朝隋唐粟特人之迁徙及其聚落》[⑤]；姜伯勤《中国祆教艺术史研究》[⑥]；张小贵《中古华化祆教考述》[⑦]等。后者如神田喜一郎《素画考》[⑧]；魏礼（A. Waley）《敦煌伊兰

① 载《大公报在港复刊卅年纪念文集》下卷，香港，1978 年；收入氏著《选堂集林·史林》（中），香港：中华书局，1982 年，473—509 页。

② Zhang Guangda, “Trois exemples d’influences mazdéennes dans la Chine des Tang”, Études chinoises, XIII1-2, Paris, 1994, pp.203-219. 中译文载《法国汉学》第 1 辑，清华大学出版社，1996 年，143—154 页。

③ 上海社会科学出版社，1998 年。

④ 载《欧亚学刊》第 1 辑，北京：中华书局，1999 年；收入氏著《中古三夷教辨证》，北京：中华书局，2005 年，316—345 页。

⑤ 载《国学研究》第 6 卷，北京大学出版社，1999 年；收入氏著《中古中国与外来文明》，北京：三联书店，2001 年，37—110 页。

⑥ 北京：三联书店，2004 年。

⑦ 北京：文物出版社，2010 年。

⑧《素画に就いて》，《东洋史研究》第 5 卷第 3 号，1940 年；收入氏著《神田喜一郎全集》第 1 卷《东洋学说林》，85—88 页。

祠庙考》[①]；小川阳一《敦煌的祆庙祭祀》[②]；姜伯勤《敦煌白画中的粟特神祇》[③]、《论高昌胡天与敦煌祆寺》[④]、《敦煌白画中粟特神祇图像的再考察》[⑤]；谭蝉雪《敦煌祈赛风俗》[⑥]、《敦煌的粟特居民及祆神祈赛》[⑦]；葛乐耐（F. Grenet）、张广达《粟特宗教的最后避难地：九、十世纪的敦煌》[⑧]；张广达《唐代祆教图像再考——P. 4518（24）的图像是否祆教神祇妲厄娜（Daēna）和妲厄

① A. Waley, "Some References to Iranian Temples in the Tun-huang Region",《"中研院"历史语言研究所集刊》第28本上(《庆祝胡适先生65岁纪念论文集》),台北,1956年,第123—128页。

② 《敦煌における祆教庙の祭祀》，《东方宗教》第27号，1967年，23—34页。

③ 载《敦煌吐鲁番学研究论文集》，上海：汉语大辞典出版社，1991年；收入前揭氏著《中国祆教艺术史研究》第十五章，237—248页。

④ 载《世界宗教研究》1993年第1期；修订稿收入氏著《敦煌艺术宗教与礼乐文明》，北京：中国社会科学出版社，1996年，477—508页。

⑤ 载前揭氏著《中国祆教艺术史研究》第十六章，第249—270页。

⑥ 载《敦煌研究》1993年第4期，61—67页。

⑦ 载梁尉英主编《2000年敦煌国际学术讨论会文集：纪念藏经洞发现暨敦煌学百年：1900—2000（历史文化卷）》下册，兰州：甘肃民族出版社，2003年，56—73页。

⑧ F. Grenet & Zhang Guangda, "The Last Refuge of the Sogdian Religion: Dunhuang in the Ninth and Tenth Centuries", *Bulletin of Asia Institute,* new series, 10, 1996, pp.175–186.

娲（Daēva）?》[①]；张小贵《唐伊吾祆庙"素书"非塑像辨》[②]；刘惠萍《图像与文化交流——以P. 4518（24）之图像为例》[③]等等。

敦煌写本中包含的有关祆教的主要信息有：地志残卷中有关敦煌祆祠、伊吾祆祠的记载、《敦煌廿咏》中歌咏敦煌祆祠和祆神祭祀的内容、归义军时期的酒帐中包含的赛祆信息、《儿郎伟》文学中祆神参与驱傩的信息、状文中祆神被纳入地方保护神的信息。此外，还有唯一的祆教绘画资料。围绕着这些信息资料，学者们展开了对唐代敦煌祆祠的微观考察、对敦煌祆神崇拜与祆神祭祀的研究、对敦煌祆祠与伊兰系移民聚落关系的研究以及对敦煌、伊吾地区祆教艺术的研究等，这些研究虽然属于地域性的，但仍具有普遍意义，而且通过传世文献难以做到，从而大大丰富了我们对入华祆教的认知，拓宽了入华祆教史研究的视域。特别有意义的是，敦煌文书中的祆教信息为我们观察祆教华化的具体镜像开启了一扇视窗。

① 载《唐研究》第三卷，北京大学出版社，1997年，第1—17页；收入氏著《文本、图像与文化流传》，桂林：广西师范大学出版社，274—298页。
② 载《中华文史论丛》2008年第2辑，321—338页；收入氏著《中古华化祆教考述》，北京：中华书局，2010年，69—77页。
③ 载朱凤玉、汪娟编《张广达先生八十华诞祝寿论文集》，台北：新文丰出版公司，2010年，1057—1084页。

二

摩尼教的研究肇始于西方，首先关注的地域也是偏西方的西亚、北非和欧洲等环地中海地区，包括中亚、西域、蒙古高原和中国内地在内的东方摩尼教的研究则起步较晚。学界对东方摩尼教的关注始于《九姓回鹘可汗碑》的研究。早在敦煌藏经洞发现前七年的 1893 年，俄国驻华公使卡西尼（P. Cassini）请中国学者考释拉德罗夫（W. Radloff）编《蒙古古物图录》所刊布的鄂尔浑—叶尼塞碑铭，其中就包括《九姓回鹘可汗碑》，碑中有回鹘可汗信奉摩尼教的信息，中国学者沈曾植、王国维、罗振玉和法国学者沙畹（E. Chavannes）、伯希和（P. Pelliot）等围绕着该碑拓片的整理、缀合和录文等，开始留意碑中的回鹘摩尼教信息[①]。但这并没有导致东方摩尼教研究的真正兴起，事实上，东方摩尼教研究的兴起与吐鲁番和敦煌的发现息息相关。20 世纪初吐鲁番的考古大发现直接导致了中亚摩尼教研究的兴起，而二十世纪八十年代初吐鲁番新发现的粟特文摩尼教长卷再次轰动了国际摩尼教学界。但是，真正导致中国摩尼教研究兴起的则是 20 世纪初敦煌遗书的发现。

① 参看王楠、史睿《伯希和与中国学者关于摩尼教研究的交流》，载前揭《张广达先生八十华诞祝寿论文集》，1239—1294 页。

吐鲁番的发现包括摩尼教寺院遗址、摩尼教绘画和大量摩尼教经典残片，这些经典主要用中古波斯文、帕提亚文、粟特文和回鹘文书写。如此丰富的摩尼教资料的发现，很快掀起了国际摩尼教研究的热潮，中亚摩尼教研究实滥觞于吐鲁番摩尼教资料的发现。不过，由于吐鲁番的摩尼教经典主要为胡语文献，而且虽然也包含若干汉文摩尼教赞美诗残片，但识别出这些文献并将其予以公布，则是很晚的事，所以吐鲁番的摩尼教发现没有直接促成中国本土摩尼教研究的兴起。敦煌遗书的发现则开启了东方摩尼教研究的又一新领域——中国本土摩尼教研究，而这主要仰赖于敦煌汉文摩尼教经典的发现。

敦煌藏经洞发现的唐代摩尼教经典是首次发现的汉文摩尼教经典，它们的发现确证了摩尼教在中国内地的流行。敦煌遗书流散以后，学者们先后识别出三部汉文摩尼教残经，以及若干用回鹘文、摩尼文撰写的摩尼教文字，其中最重要的是三部汉文摩尼教经典。

这三部汉文经典中，最先被识别为摩尼教经的是现藏法国巴黎国家图书馆、编号为 P.3884 的《摩尼光佛教法仪略》残卷的下半部分，系 1908 年法国伯希和得自藏经洞。1909 年，清末学者蒋斧将其作为摩尼教残经首刊于《敦煌石室遗书》，不过将该写本首先比定为摩尼教经典的不是蒋氏，而是伯希和。该残卷的前半部分于 1907 年为英人斯坦因（A. Stein）所获，现藏伦敦大英图书馆，编号为 S.3969，其首冠有“摩尼光佛教法仪略一卷”字样，后由日本学者石田幹之助将其与 P.3884 缀合。1923 年，陈垣先生在其名著《摩尼教入中国考》[①] 一文后附有该经的点校本。该经虽首题“开元十九年六月八日大德拂多诞奉诏集贤院译”，但林悟殊先生考证认为，《摩尼光佛教法仪略》并非译作，而是公元 731 年在华的摩尼教师遵照朝廷旨意，直接用汉语撰写的一个解释性文件 [②]。

敦煌所出另一部汉文摩尼教残经现藏中国国家图书馆，新编号 5470，因原件首尾均未留题名，最初于 1911 年由罗振玉拟名为《波斯教残经》[③]，次年，日本学者羽田亨将其考定为摩尼教经典 [④]。与此同时，沙畹、伯希和合撰的《中国发现的摩尼教经典》一文依据罗氏刊本将其

① 载《国学季刊》第 1 卷第 2 号，第 203—239 页；修订本收入氏著《陈垣学术论文集》第 1 集，北京：中华书局，1980 年，329—374 页。

② 参看林悟殊《敦煌本〈摩尼光佛教法仪略〉的产生》，《世界宗教研究》1983 年第 3 期，71—76 页。

③ 罗振玉《敦煌本波斯教残经跋》，载《国学丛刊》第 1 卷，1911 年；收入《罗雪堂先生全集》四编三册，台北：大通书局，1972 年，1265—1291 页。

④ 羽田亨《新出波斯教残经に就て》，《东洋学报》第 2 卷第 2 号，1912 年，227—246 页；收入氏著《羽田博士史学论文集》（下卷），京都：京都大学东洋史研究会，1958 年，215—234 页。

译为法文，并详加考释，因而这一注本在西方被公认为是研究该部汉文写经的奠基性著作。陈垣先生在《摩尼教入中国考》一文后附有更为准确的点校本。现在，该经通称为《摩尼教残经》。西方学者一种观点认为，该件残经可能译自中亚的一个帕提亚文（Parthian）文本，而该文本与埃及发现的科普特文（Coptic）本《克弗来亚》（Kephalaia），同是源自古叙利亚文的摩尼教经典。但林悟殊先生对此表示存疑，他认为，该件残经文字语义连贯，一气呵成，而《克弗来亚》仅是个对话集，属语录性质，并无汉文经典那样完整系统的论说[①]。

敦煌所出第三部汉文摩尼教经典原仅题“下部赞”，因而不明是何种经典，后来由学者比定为摩尼教经，遂命名为《摩尼教下部赞》，全长超过 10 米，400 余行，是世界上目前所见最长的摩尼教写卷。该写卷于 1907 年被斯坦因所获，现藏大英图书馆，编号 S.2659。1916 年，日本学者矢吹庆辉将其认定为摩尼教经，遂受到学界关注。二十世纪二三十年代，德国学者瓦尔德施密特（E. Waldschmidt）和楞茨（W. Lentz）先后发表《敦煌汉文摩

① 林悟殊《20 世纪敦煌汉文摩尼教写本研究述评》，载《敦煌学与中国史研究论集——纪念孙修身先生逝世一周年》，甘肃人民出版社，2001 年；后题名《敦煌汉文摩尼教写经研究回顾》收入氏著《中古三夷教辨证》，110 页。

尼教礼赞诗》、《夷数在摩尼教中的地位》、《汉语和伊朗语文本中的摩尼教教义》等有关该写卷的一系列重要论文[①]，使《下部赞》广为学界所知。饶有趣味的是，吐鲁番也发现了两件汉文《下部赞》残片，一为日本大谷探险队所获，现藏日本龙谷大学图书馆，编号为大谷4982；一为德国探险队所获，编号为Ch.258（TIIT 1319）。两件写本的年代约当九世纪前后。汉文《下部赞》在西域地区的发现，为研究汉人摩尼教团在西域的活动提供了重要的第一手资料。

二十世纪八十年代后，由于研究条件的改善，我国学者林悟殊先生提供了这三部汉文摩尼教经典的更为完整准确的录文本[②]，足见这三部摩尼教写本的重要性。此外，除了摩尼教经典外，敦煌遗书中还发现了包含唐代摩尼教信息的《老子西升化胡经》写本，经中有关于老

① E. Waldschmidt and W. Lentz, "A Chinese Manichaean Hymnal from Tunhuang", *Journal of the Royal Asiatic Society*, 1926, pp.116–122; E. Waldschmidt und W. Lentz, "Die Stellung Jesu im Manichäismus", *Abhandlungen der Preussischen Akademie der Wissenschaften*, 1926, pp.1–131; E. Waldschmidt und W. Lentz, "Manichäische Dogmatik aus chinesischen und iranischen Texten", *Sitzungsberichte der Preussischen Akademie der Wissenschaften*, 1933, pp.480–607.

② 林悟殊《摩尼教及其东渐》，北京：中华书局，1987年，1997年台北淑馨出版社增订版。

子化摩尼的记载，这对我们了解唐代摩尼教与本土宗教的关系以及唐代摩尼教在正统意识形态中的地位有很大参考价值。

总之，敦煌摩尼教文献以及关涉摩尼教的文献的发现，使学者终于意识到古代中国也流行过摩尼教，从而开启了中国本土摩尼教研究的先河。具体而言，这些文献为唐代摩尼教史研究奠定了坚实的资料基础，举凡摩尼教入华时间问题、唐代汉人摩尼教团问题、唐代摩尼教与中亚摩尼教团的关系问题、唐代汉文摩尼教文献的翻译与创作问题、唐代摩尼教与本土宗教的关系问题以及摩尼教在唐代社会中的地位问题等的讨论，皆因有了敦煌摩尼教文献的发现，或得以确证，或变得更具实证性。此外，由于这些汉文摩尼教文献可与其他伊朗语摩尼教文献相互释证，从而同时延展了这些汉文摩尼教文献和吐鲁番发现的伊朗语摩尼教文献的研究空间。因此，敦煌汉文摩尼教文献的研究，不仅成为敦煌学的一个重要组成部分，也间接推动着吐鲁番胡语摩尼教文献的研究。

三

学界对中国景教的研究，始于明季天启年间（1621—1627）西安《大秦景教流行中国碑》的出土，迄今已有近四百年的研究历史，但在敦煌吐鲁番文书发现以前，主要是针对该碑的研究。二十世纪初，德国吐鲁番探险队在吐鲁番发现了中古时期的景教寺院遗址和大批用叙利亚文、粟特文、中古波斯文、新波斯文以及回鹘文书写的景教写本文献。这一重大发现不仅印证了宋人王延德《使高昌记》中所记载的高昌“摩尼寺、波斯僧各持其法”的说法，还开启了景教研究的新领域，这些领域包括高昌回鹘景教，高昌景教教团与中亚景教教团、敦煌景教教团的关系，景教与摩尼教、佛教的关系以及景教的礼拜仪式与语言等。不过从地域上看，吐鲁番景教写本及遗迹的研究主要侧重于西域、中亚地区，敦煌遗书的发现则为中国本土景教的研究揭开了新的一页。

敦煌藏经洞发现的写本文献中包括了若干唐代汉文景教写本，学界将其视为唐代景教经典。在未对这些文献进行辨伪之前，一般认为敦煌写本中的景教经典包括 P.3847《景教三威蒙度赞》和《尊经》、李盛铎旧藏今为日本杏雨书屋收藏的《志玄安乐经》和《大秦景教宣元本经》、声称为李盛铎旧藏的所谓小岛文书（因收藏者为日人小岛靖而得名）《大秦景教大圣通真归法赞》和《大秦景教宣元至本经》，以及被称为福冈文书（因收藏者为日本福冈氏而得名）的《一神论》和被称为高楠文书（因收藏者为日人高楠顺次郎而得名）的《序听迷诗所经》等。但二十世纪九十年代以后，经学者的辨伪，确证小岛文书为今人伪造的敦煌遗书[①]。近期洛阳发现的唐代景教经幢上刻有《大秦景教宣元至本经》，益证小岛所藏《大秦景教宣元至本经》写本为伪造，而福冈文书和高楠文书也存在作伪的疑点[②]。可见，传统所认为的敦煌汉文景教经典，目前可以确认为真品的有今藏巴黎法国国家图书馆的 P.3847《景教三威蒙度赞》和《尊经》及《尊经》末尾的按语，以及李盛铎旧藏《志玄安乐经》和《大秦景教宣元本经》。虽然数量不是很多，但这毕竟是汉文景教经典的首次发现，且这些写本本身也极具文献价值。

早在二十世纪三十年代初，西方学者就从研究基督教传播史的角度，认为 P.3847 号写本的重要性仅次于西安景教碑，某些方面甚至比景教碑更有意义[③]。《景教三威蒙度赞》学界已认定是叙利亚文景教赞美诗《荣归上帝颂》的汉译本，该观点最早于 1920 年左右由明格纳（A. Mingana）博士提出，直到 1986 年吴其昱先生发表更为缜

① 林悟殊、荣新江《所谓李氏旧藏敦煌景教文献二种辨伪》，《九州学刊》第 4 卷第 4 期，1992 年，19—34 页；陈怀宇《所谓唐代景教文献两种辨伪补说》，《唐研究》第三卷，1997 年，41—54 页。

② 林悟殊《福冈谦藏氏藏景教〈一神论〉真伪存疑》、《高楠氏藏景教〈序听迷诗所经〉真伪存疑》，载氏著《唐代景教再研究》，中国社会科学出版社，2003 年，186—228 页。

③ 穆尔（A.C. Moule）著、郝镇华译《一五五〇年前的中国基督教史》，北京：中华书局，1984 年。

密的《景教三威蒙度赞研究》[①]一文，使之成为定论。这一发现为考察汉地景教教团与西亚景教教团的关系提供了新线索，并为考察汉译景教经典的来源提供了思考的方向。《景教三威蒙度赞》和《尊经》虽然粘合为一件文书，但二者并不相从属，书体也有差异，应是两篇独立的经典，学界一般认为，后者是在华景教僧直接用汉文撰写的。而从“按语”中“唐太宗皇帝”等用语看，“按语”的年代应在唐亡之后。因此，学者认为 P.3847 系唐代之后景教徒整理的早期景教文献，那么，在十—十一世纪的敦煌，尚有景教徒在虔心整理抄写本教的经文，则该写卷为了解景教在九世纪中叶被取缔后的情况提供了新的线索[②]。而通过对《志玄安乐经》的研究，学者们注意到某些景教经典在经文形式、所用概念术语乃至思想方面受到佛教、道教的影响，因而为我们了解唐代景教与其他宗教之间尤其是与中国主流宗教之间的关系提供了新线索。

总之，敦煌遗书所提供的有关三夷教的信息，完全不是在已有文献记载上的量的增加，大多属于质的差异，袄

① 载《“中研院”历史语言研究所集刊》第 57 册第 3 分册，1986 年。

② 林悟殊《敦煌景教写本 P. 3847 再考察》，载氏著《唐代景教再研究》，123—145 页；王媛媛《唐后景教灭绝说质疑》，《文史》2010 年第 1 辑。

神祭祀信息的发现、祆教绘画的发现、汉文摩尼教经典的发现、汉文景教经典的发现，无一不是如此。它们在三夷教研究史上无一不是首次发现，从而开启了三夷教研究的新领域，大大促进了入华三夷教研究的纵深发展。前文所言敦煌遗书直接促成了中国摩尼教研究的兴起，同时也为入华祆教和景教的研究揭开了新的一页，已通过学界利用敦煌遗书所做的研究得到充分证实。可以肯定地说，如果没有敦煌遗书的发现，入华三夷教的研究断然形成不了今天的广度和深度。所以从这个角度讲，利用敦煌的发现进行的中古三夷教研究，无疑是敦煌学的一个重要组成部分。

《巴蜀佛教石窟造像初步研究：以川北地区为中心》后记

这本小书是在我博士论文的基础上修改而成的，由于内容有所扩充，题目也作了相应的改动。光阴荏苒，岁月如梭，一晃八年过去了，但我根本不敢说修改工作持续了这么久，因为这期间还必须写其他文字。由于修改工作时断时续，难以全力以赴，所以本书仍留下许多遗憾。在研究理路上，我一直希望能以川北石窟的研究为突破口，对川渝腹地的石窟造像做更深入的研究，但现在看来，本书虽然在这方面有所努力，但还远远不够，这是遗憾之一；在研究视角上，我一直希望将石窟造像研究纳入佛教社会史的视野，关注佛教造像与佛教信仰变迁以及佛教传播之间的互动关系，但现在看来，还差之甚远，这是遗憾之二；在研究方法上，我一直尝试多元互补，即以考古学研究为基础，将图像资料、石刻资料以及传世文献（包括世俗的和宗教的）有机地结合起来，并充分吸收图像学的研究方法，但现在看来，还只是初步尝试，这是遗憾之三。鉴于此，本书命名为“初步研究”是名副其实。是以，本书是否真有一孔之见，还有待学者诸君的检验。

我生性不敏，学术根基也浅，然而我生也有幸。今天能以学术安身立命，全赖幸运之神的眷顾。幸运之一是我在北大度过了七年人生中最宝贵的光阴，这七年彻底改变了我的人生轨迹，使我受用终生；幸运之二是我遇到了两位好导师。硕士导师荣新江先生是我步入学术殿堂的引路人，他宽阔的学术视野、敏锐的学术洞察力和对学生严格的训练使我逐渐积淀起基本的学术质素。在研究方向上，荣师向我开启了中外关系史的大门。博士导师马世长先生使我在学术殿堂里更进一步，他向我开启了另一扇学术之门——佛教考古，从而拓宽了我的学术视野，并使我将历史、考古和图像结合起来研究成为可能。二位导师虽然风格各异，但对我的态度却是一致的，即从严要求而又不失宽容，使我在受教的同时充分感受了他们的人格魅力。二位导师对我的教诲和影响，已成为我精神财富的一部分，将永远珍藏于心。尤其令我感动的是，二位导师在我走上工作岗位后，仍然一如既往地关心、支持着我的成长！

在此对马师我还要特别感谢，他在病中还欣然为本书作序，字里行间洋溢着诸多鼓励和期许，使我倍受鼓舞。在此遥祝马师早日康复！

使我至感欣慰的是，在本书初稿撰写过程中，还得以经常聆听宿白先生的教诲，深为先生渊博的学识所折服。宿先生其时已届八十高龄，仍然为我审读了初稿的部分章节。当年宿先生手执铅笔为我修改文稿的情景，至今仍历历在目。本书付梓之际，正值先生米寿华诞，我谨以此书为先生寿！

在此我还要感谢我的启蒙导师侯灿先生，二十年前，我有幸成为他的学生，并由他指导我的本科毕业论文，使我初谙学术之道，并由此引发对吐鲁番学的兴趣。多年来，侯老师仍默默关注着我的成长，无论他身在新疆、在上海。

本书的顺利完成还得益于许多师长、朋友的鞭策鼓励和大力帮助，他们是：中国社会科学院杨泓先生、罗炤先生、丁明夷先生、李裕群先生，北大考古文博学院孙华先生、齐东方先生、林梅村先生、李崇峰先生，北大东方学系王邦维先生，龙门石窟研究院温玉成先生，成都市考古所王毅先生、雷玉华女士，广元市文物管理所王剑平先生、罗宗勇先生、梁咏涛女士、盛涛女士、吴健云先生，巴中文物管理所杨希明先生、何汇女士，大足石刻艺术博物馆黎方银先生、刘贤高先生、黄能迁先生、陈静先生、邓启兵先生等。本文的部分线图是好友徐东良先生义务绘制的。在此，谨向诸位师长、朋友致以衷心的感谢！

本书的顺利出版得益于湛如法师主持的华林学术基金鼎力相助和中华书局张继海先生、石玉先生耐心细致的编辑工作、北大东方学系陈明先生的协调工作，中华书局资深编审柴剑虹先生对本书的出版也始终给予了关注与支持，在此谨致衷心谢意！

最后我还要对妻子罗翠萍真诚地道一声感谢！在我攻读研究生的那些年里，她承受了巨大的物质和精神双重压力：经济拮据、孩子多病、老人突然离世……这一切都只能由她独自承担，所以用“含辛茹苦”来形容她这些年的生活一点也不过分，但为了支持我的学业，她从未有过一丝抱怨。如果说我今天还有些许成绩的话，与她的支持密不可分！

子曰：“君子欲讷于言而敏于行。”我无意自比于君子，但愿以此语自勉，在今后的岁月中更加努力，以行动而不是言语来报答师长们对我的栽培，来报答所有关怀、支持、帮助过我的人们！

《中古艺术宗教与西域历史论稿》后记

本书的内容是我近十余年间陆续写就的，大体上能反映我目前学术的兴趣点和所涉领域，但由于内容比较庞杂，不成体系，为方便读者，在此先对本书的学术脉络略作交代，兼及个人的学术轨迹。

由于一种机缘，1994 年我有幸考入北京大学历史系荣新江先生门下攻读硕士研究生，方向是中外文化交流史，开始了我的学术人生。考虑到我来自吐鲁番，荣师给我定的硕士论文题目是高昌国佛教史，最后形成了《试论高昌国的佛教与佛教教团》一文。考虑到西北地区与西域佛教的密切联系，我又同时探讨了北凉佛教与高昌佛教的关系以及吐谷浑的佛教信仰问题等。虽然后来我的学术重心向内地转移，但一直没有放弃过对高昌佛教史的关注，所以近年又利用新出吐鲁番文献对高昌国僧尼的社会角色进行了探讨。在读期间，荣师开阔的学术视野也不断启迪着我关注中外关系史的其他方面，为今后尝试中外关系史其他方面的研究奠定了一些基础。同时，吴宗国先生主持的隋唐史读书班也使我受益匪浅，读书班重视唐代制度探讨，所以在读书班上，我开始尝试利用吐鲁番文书研究唐代地方制度的某些具体环节，得到吴先生的鼓励。对唐代西州教育的讨论即始于给吴先生提交的课堂作业，对这一问题的持续关注又形成了近年对西州医学教育讨论的文字，又因势从中外文化交流的视角探讨了西州的药材市场。吐鲁番文书提供的信息是多方面的，这迫使我不能只关注一两个方面的信息，因此，又形成了对高昌国晚期政治史探讨的文字。

1998 年，我又有幸考入北京大学考古文博学院马世长先生门下攻读博士研究生，方向是佛教考古。马师对佛教石窟的熟谙令我折服，他给我定的博士论文题目是唐代巴蜀地区佛教石窟造像研究，事实证明，马师的眼光是独到的，这是一个非常有前景的研究方向。可惜当时我于考古和图像尚属门外，好在我及时得到了马师及考古文博学院其他先生的热心指教，特别是宿白先生和孙华先生，使我逐渐掌握了考古学和佛教考古的基本方法。自那时起，巴蜀地区的佛教石窟造像一直是我研究的一个重要方向，这方面的研究心得，主要汇集在近期出版的《巴蜀佛教石窟造像初步研究：以川北地区为中心》一书中。当然，我知道，对佛教石窟和造像的研究不应当仅限于某一区域或某一时段，必须有比较宏观的视域。所以，在充分关注唐宋时期巴蜀地区的造像遗存的同时，我也尽量留意其他地区不同历史时期的造像遗存，特别是考古新发现，于是陆续对成都万佛寺遗址出土南朝造像、青州出土北齐石造像、唐代观音与地藏组合造像遗存以及中山大学图书馆所藏北齐石造像等进行了尝试性探讨。研究巴蜀地区的佛教造像，自然要研读巴蜀地区的文献以及有关巴蜀地区的文献，阅读中不时见到流寓西南地区的粟特、波斯人及其宗教信仰的信息，对中外文化交流方向潜在的感情和以往相关知识的积累，使我对这些信息欲罢不能，同时我也注意到考古材料中有可以利用的信息，所以，最终形成了几篇探讨流寓西南地区的西域胡人及其宗教信仰的文字。

由于本人的才识所限，汇入本书的文字或许多为一孔之见，亟待学界同好的批评指正。但无论如何，本书的出版也给所有长期支持、帮助我的师长、学友和亲人们多少有一个交代，没有他们的支持与帮助，这点成绩也不可能取得。

首先要深深感谢两位业师，没有他们早期的悉心指导，我是断然形不成今天的学术面的。在我走上工作岗位后，他们仍一如既往地关注着我的成长。每次拜见马师，他总是对我的学术叮咛再三，最近他虽然在病中，仍然一直关注着本书的出版情况。荣师在百忙中欣然为本书作序，鼓励之意在焉，而本书所收文章，大部分都得到过他的教正。

在此要特别感谢“中研院”张广达先生。作为一名后学，我仅有两三次面聆张先生教诲的机会，但每次总有莫大的收获。先生的谦逊、博学、开阔的学术视野和他那种“极于高远而底于平实”的学术境界令我深深折服，每当我为文思路不畅时，总喜欢重温先生的著作。

步入学术领域以来，许多前辈和师长先后以不同的方式给过我指导与帮助，同时我也充分享受了同道相互切磋、相互激励的乐趣。这些良师益友，恕不一一致谢。

承蒙著名红学家、艺术家冯其庸先生拨冗为本书题签，使我荣幸之至；本书的出版，得到中山大学社会学与人类学学院领导的大力支持和学院重点学科建设项目经费的资助；商务印书馆资深编审谢仲礼先生一丝不苟的编辑工作，大大提高了本书的出版质量。在此一并谨致谢忱！

这些年来，家人和亲友总是以不同的方式默默支持着我的事业。妻子罗翠萍一如既往地充当着“后勤部长”的角色，由于我常干“私活”，变成了“赖班族”，每天回家总是很晚，家务、孩子自然很少顾及，可她从无怨言，所以我所形成的文字中自然凝结着她的辛苦与汗水。在深圳工作的内弟罗和平伉俪总是以特殊的方式支持着我的事业，他们知道我喜欢买书，所以每次总是以购书卡见赠。当他们得知我因整理书稿急需一台扫描仪时，一台高性能的汉王扫描仪不久自深圳悄然而至。

对于家人和亲友们，我除了感谢与感激之外，还有愧疚，我欠他们的太多了，无以回报。今后唯继续踽踽独行，争取多写点儿略有价值的文字，聊以为报。

姚崇新

2010年暮秋于康乐园

《观音与神僧——中古宗教艺术与西域史论》后记

近十余年来，我在研究生的课堂上不时会就“学理与方法”方面的问题，结合自己的思考，给学生作一些提示，一是希望初窥“学术堂奥”的初学者少走一些弯路，二是希望初学者知道“学术产品”的生产是要讲章法的。上述议题包含的问题之一是，“如何发现问题、拓展研究空间”，这当然是学术研究的首要问题。如果暂时不考虑新理论可能带来的相关启发，仅从材料的角度来看的话，根据我个人的理解，“发现问题、拓展研究空间”的基本途径似乎可以归纳为以下四个方面：一、新材料与新问题，即由新材料的发现而引发的新问题；二、新材料激发对旧问题的重新思考；三、通过对前人研究成果和旧材料的反复研读，对旧问题提出新看法；四、通过对旧材料的研读，发现前人未曾注意到的问题。显然，从难易程度看，从一到四难度在逐渐递增，第四个方面难度最高，因而也最能彰显研究者的智慧与识见。当然，我也知道，“只说不练”的老师算不上十分称职，因为教师的“学术产品”可以零距离地给学生打开一扇观摩理论与实践相结合的研究案例的窗口，其示范效应不言而喻。因此，本书所收文字，除了自己的研究兴趣使然，一定程度上是为了证明自己是个“亦说亦练”的老师，但示范效应究竟如何，尚有待时间的检验。

收入本书的篇什，都是在近十年陆续完成的，均已单独发表。但限于本人的学养和综合积累，较之以往的研究，无论选题还是研究领域都无大的突破，惟域外的视角从西域延伸到了南海，聊获些许自慰。不过，既然收入本书的这些专题研究很大程度上是对课堂教学的关照，那么这里首先需要按上述四个方面自我检验一下“关照”效果。《和田达玛沟佛寺遗址出土千手千眼观音壁画的初步考察》《试论扶南与南朝的佛教艺术交流》《十字莲花》以及《四川安岳西禅寺石窟“僧伽三十二化”变相及相关问题》等大体上属于路径一，即通过新材料发现新问题；《唐代僧尼授田问题新探》《佛教海道传入说、滇缅道传入说辨正》等大体属于路径二，即通过新材料激发对旧问题的重新思考；《北朝晚期至隋入华粟特人葬俗再考察》《白衣观音与送子观音》以及《净土的向往还是现世的希冀？》等大体属于路径三，即对旧问题提出新看法。惭愧的是，这里列举不出可与路径四基本对应的作品，无他，智慧与识见不及耳。但这却是一个很好的警示，它表明自己与更高的学术境界存在明显差距。这里，我愿以此警示与年轻的学子共勉。

我们必须清醒地认识到，不同学科从自身学科立场出发提供的方法论都存在一定的局限性，尽可能把相关学科的知识和方法综合起来，才是研究的“正路”，这似乎已成为现代学术发展的趋势，是不以个人意志为转移的。毫无疑问，这也对现代“学术从业者”的学术素养提出了更高的要求，石窟寺考古/佛教考古的“从业者”也概莫能外。从学理的角度看，宗教研究，既要在宗教内部下功夫，又要在宗教外部下功夫，必须重视宗教在社会变迁中所起的作用，宗教研究必须与社会历史相结合；从方法论的角度看，就石窟寺考古而言，当然首先要运用传统考古学的方法处理好佛教遗存信息并做初步研究，如清理记录、类型组合与题材研究、分期分区研究等，但这只是问题的阶段性解决，我们必须清楚我们的最终目标。徐苹芳先生在归纳宿白先生的石窟寺考古学方法论时明确指出，“中国石窟寺考古学的研究必须升华到社会历史、佛教史和艺术史的研究上”，这即是我们的最终目标。为达成此目标，仅仅依靠考古学的方法和知识储备是远远不够的，必须使研究方法多元化，并进一步拓宽我们的知识储备，方法论与知识储备一定程度上决定了我们对考古材料的穿透能力；门户之见或学科偏见不应成为我们学习借鉴相关学科研究方法的绊脚石，美术史所提供的图像学的研究逻辑对于佛教图像研究是不可或缺的。

本书所收的围绕佛教社会史、佛教造像遗存展开的专题讨论，如果能在给读者传递一些新知的同时，也能在方法论方面给初窥“学术堂奥”的年轻学人带来一些启发的话，则甚感欣慰。

蓦然回首，自己已过“知天命”之年，每每想起自己的成绩寥寥，心中未免惶恐，但“能事不受相促迫”，惶恐又有何用呢？好在前行的道路上一直有一些师友相伴，他们犹如“夜空中最亮的星”，关键时刻可以“照亮我前行”。平时除了充分享受与师友们相互切磋的乐趣外，更多的是不断从他们那里获得鞭策和鼓励。同时，家人一如既往的支持是我前行的最大动力，更使我欣慰的是，儿子姚睿似乎已初谙学术之道。去年五月他考取研究生后，第一时间把自己的 QQ 留言改为“新的起点，新的开始，学术之路任重而道远”。我暗自高兴了一阵儿，本能地认为这可能是受家庭环境影响的结果。现在，他已正式在学术之路上蹒跚学步，在此祝愿他的步伐越来越稳健、越来越坚实。

我与孟宪实先生“谊在师友之间”，他欣然为本书作序，再次唤起我对我们之间三十余年深厚友情的温馨回忆，此时此刻，弥觉这份友情的珍贵，让我们且珍且惜吧；责任编辑谢仲礼先生让我再次领略到了他的敬业精神；同时，本书的出版再次得到我院领导及学院专项出版基金的支持。在此一并致以衷心的谢意！

姚崇新

二〇一九年初春于康乐园

第三辑　学理与方法

学理与方法的另一种呈现

——荣新江《学理与学谊——荣新江序跋集》读后

荣新江先生的新著《学理与学谊：荣新江序跋集》于2008年6月由北京中华书局出版，分为上下编，共收录作者近二十余年来所撰写的序跋类文章60篇。是书甫一面世，即引起学界关注，已有评论性文字见诸报端（徐俊《序跋的意义》,《中华读书报》2018年10月10日第10版）。不同于一般书序的写法，在该书跋语中，荣先生明确表达了他写书序的主要初衷是“希望借助书序这种形式，按照不同书的内涵，阐述自己对一些学科门类的回顾和总结，并做一点前瞻和期望……从本学科的发展历程着眼，从学理上分析该学科的发展方向”（《学理与学谊》跋）。这实际上是在示来者以径路，其学术意义自不待言——这也是荣先生的书序与一般书序文字的最大区别。但事实上，这些书序的字里行间中，也无不贯穿着他的学术理念和学术思想，以及对学术方法的归纳、总结与反思。如果读者阅读此书时也能意识到这一点，则获益更大。因此，笔者以为，此书的内容，除了反映“学谊”外，更重要的是“学理”与“方法”的启示。

论及自己的治学，荣先生常常会用“庞杂”一词概括，说自己“平日治学，颇为庞杂”（《中国中古史研究十论》序言）。的确，他的研究领域涉及中外关系史、敦煌吐鲁番学、隋唐史、西域史等多个领域；就具体研究对象而言，除历史学之外，还涉及宗教、考古、艺术史、文献学（含出土文献）等。但这看似“庞杂”的背后，隐含着他一以贯之的学术理念，那就是“贯通”的思想，因此，“庞杂”可视为荣先生对自己的“贯通”理念的谦虚表达。他对陈寅恪先生“国人治学，罕具通识”的警示念念不忘，在不同场合经常提及（《敦煌讲座书系》总序），意即在于此。陈寅恪先生的“通识”观，蔡鸿生先生理解为“全景式的历史思维”（蔡鸿生《读史求识录》，广东人民出版社，2010 年），可谓确解。

荣先生的“贯通”理念，在他主编的《唐研究》的办刊旨趣上有比较突出的反映，他在该刊发刊词中说：“《唐研究》年代范围是以唐代为中心，而内容则包含唐代历史的各个方面。在学术研究分工日细的现状下，我们希望藉《唐研究》这块园地，来促进有关唐研究各个学科间的交流。”（《唐研究》弁言）贯通唐研究不同领域的愿望溢于言表。荣先生后来在不同场合又多次强调这一旨趣

（《〈唐研究〉的编辑方针及其旨趣》、《〈唐研究〉十周年纪念专号献词》）。

《唐研究》迄今已出版二十三卷，从创刊以来所刊发的论文的内容看，的确涵盖了唐研究的几乎所有领域，包括历史、文学、宗教、考古、艺术、思想、文献等，的确“对于唐代历史、文学、宗教、考古等许多方面的研究都有所推动”（《中国中古史研究十论》序言）。而且，《唐研究》中也有不少论文在唐代历史纵轴上进行了上溯或下延，上溯至魏晋南北朝，下延至五代两宋，因此，纵向贯通的意图也很明显。可见，荣先生的“贯通”理念包括横向和纵向两个维度。

荣先生用“学术网络说”将“贯通”理念在他的某些序跋文字中非常形象地表达了出来。他说：“学术是个巨大的网络，许多看似无关的学问，其实中间都有网线相连。一个人的学问也是从点做起，然后从一个点向其他点延伸，如果你的功力达到了另一个点，你就能把两个不同点的学问贯通。这样一个点、一条线的不断贯通，不断扩大，就逐渐地建构起一个人的学问网络。有的人会在一个网格中编织极其细密的子网络，有的人善于纵向地连接历史的脉络，有的人则更喜欢横向地架构东西文明间的链条，无论哪一种，都是从一个个体出发，去建构一个以他本人为中心的局域网，他对于这部分的学术贡献，也就被凝聚在整个的学术网络中了。”（姚崇新著《中古艺术宗教与西

荣新江著《学理与学谊：荣新江序跋集》，中华书局，2008 年

域历史论稿》序）这段话中所用的“贯通”、“纵向”、“横向”等词汇最具概括性，且“横向”的维度已经延伸到域外，要“架构东西文明间的链条”。因此，这段话可以看作是荣先生对“贯通”理念的最好诠释。

“贯通”是“具通识”的前提。“贯通”的主要目的是为了“具通识”，不具备“贯通”能力则难以“具通识”，而“具通识”与提高史家的“识见”又是正相关的。循着这一逻辑，我们可以发现荣先生既具有强烈的“贯通”意识，又具有强烈的“识见”意识。的确，“功力的深厚，视野的开阔，使他在史料梳理和课题论证上独具见解”（张广达《荣新江〈中古中国与外来文明〉序》，《中古中国与外来文明》，北京三联书店，2001 年）。而这一意识的形成，除了荣先生的高度学术自觉外，与北大前辈学者的影响不无关系。他不时强调邓广铭先生所立的“家训”：“‘既要有实证性的硬功夫，也要有史家的识见’是邓广铭先生创建北大中古史研究中心以来的‘家训’。”（荣新江《垫江洒泪送浦江》，《文汇报・文汇学人》2015 年 2 月 6 日第 4、5 版）

邓广铭先生对章学诚《文史通义》中所说的“高明者多独断之学，沉潜者尚考索之功，天下之学术，不能不具此二途”这句话是深以为意的，只是邓先生更强调现代史家更应该将“独断之学”与“考索之功”结合起来，即“一是必须具备独到的见解，二是必须具备考索的功力”，认为一个学者如果“不能抒一独得之见，标一法外之意，而奄然媚世为乡愿”，那就不足取了，应力求避免，因此，“独断之学”是邓先生终生追求的目标（邓广铭《邓广铭治史丛稿》自序，《邓广铭治史丛稿》，北京大学出版社，2010年）。同时，张广达先生的那种“极于高远而底于平实”的学术追求（姚大力《张广达的学术视野和治学功力》，《东方早报》2008年8月10日）、考据与义理交互为用的治学范式，对荣先生也产生了深刻影响，念兹在兹。他在总结张广达先生的治学理念和方法时说：“考据与义理的相互为用，不仅有助于今后中西交通、中外文化交流史的研究，也将促进近代历史上的西方的概念让位于世界的概念，并为人们今天在实际生活中遇到的跨文化问题提供某种启示，打破西方某些论述话语的垄断地位。这既是张先生对我的训导，也是他研究中外文化交流的宏观思考。”（荣新江《考据与义理的相互为用——张广达先生〈文本、图像与文化流传〉读后》，《中国图书评论》2008年第11期）由此可见荣先生的“识见”意识与北大学术传统的渊源关系。

进入新世纪以来，荣先生利用各种机会，呼吁敦煌学的研究要“转型升级”，要“从文献到历史”（余欣著《神道人心——唐宋之际敦煌民生宗教社会史研究》序），进而呼吁敦煌学要“从文献到艺术，从文献到各个领域……把敦煌学的基础知识用新的方法、新的脉络串联起来，用新的视角，来阐述敦煌学的各个方面”（《敦煌讲座书系》总序）。笔者以为，这些“呼吁”背后所隐含的，是荣先生强烈的“识见”意识，他希望敦煌学尽快从文献研究上升为真正的史学研究，即从“考据”尽快“转型升级”到“义理”，使敦煌学真正成为“独断之学”，唯此，敦煌学才能重获新生、再续辉煌。因此，是“识见”意识催生了他在敦煌学方面的这一强烈的学术使命感。

限于学力，笔者不能全面体悟荣先生的治学理念与方法，以上仅是笔者多年从其问学的一些点滴体会，大体属于宏观层面的体察。以下仅就自己稍稍熟悉的宗教、考古、艺术史等领域，针对荣先生在这些领域的学术理念和研究方法，再从微观层面，略述心得。

中外关系史在荣先生的学术网络架构中占有相当重要的位置，而宗教传播史是中外文化交流史的重要组成部分，因此，佛教、祆教、景教、摩尼教等很早就进入了荣先生的研究视域，受其影响，他的学生中从事上述诸宗教研究者不乏其人，且已取得一定成绩。

在长期的宗教研究实践中，荣先生逐渐形成了自己的宗教研究观。他在给孙英刚所作书序中所讲的一件事颇能显现他的宗教研究观，他说，“多年前谷川道雄教授来北大历史系访问，他晚年一直在‘兜售’内藤湖南的理论，当时我被历史系指派去与他对谈，我以唐代宗教史的变迁为例，力陈变革的分水岭在安史之乱。其时我正在通过四川禅僧的《历代法宝记》所编师子比丘击败外道末曼尼和弥师诃的故事，来考察安史之乱前后佛教、摩尼教、景教内部不同社会力量的变动情形。谷川教授肯定地说，内藤的理论的确忽视了宗教方面”（孙英刚著《神文时代：谶纬、术数与中古政治》序）。概而言之，荣先生的宗教研究观就是：重视宗教在社会变迁中所起的作用；宗教研究必须与社会历史相结合。

荣先生所撰《〈历代法宝记〉中的末曼尼和弥师诃——兼谈吐蕃文献中的摩尼教和景教因素的来历》一文（载王尧主编《藏学研究丛刊——贤者新宴》，1999 年），内容已如上文所述，可视为他践行这一宗教研究观的代表性论著。他在《关于隋唐长安研究的几点思考》一文（《唐研究》第 9 卷，2003 年）中认为唐代长安研究有四个方面有待推进，其中第四个方面是“找回《两京新记》的故事，追索唐朝长安居民的宗教、信仰以及神灵世界”（《隋唐长安：性别、记忆及其他》小序）。在完成《历代法宝记》研究十年后，他又撰写了《从王宅到寺观：唐代长安公共空间的扩大与社会变迁》的长文（载荣新江《隋唐长安：性别、记忆及其他》，香港三联书店，2009 年），从社会变迁的角度考察唐代长安寺观与贵族宅第之间的关系。以上这些宏观思考和具体研究成果都可视为他的宗教研究观的进一步发散，亦可见荣先生的宗教研究始终有一条清晰的主线。

他在思考“长安学”的研究方法时更明确地指出，

“脱离了佛教社会，就不能完整地理解隋唐长安的历史；反之，脱离了长安社会，也不能弄清楚长安的佛教史”（季爱民著《隋唐长安佛教社会史研究》序）。为此他呼吁，隋唐史的学者要关注佛教史，而佛教史的学者也不能只停留在义理、思想的探讨，倡导佛教与社会的综合研究：“过去隋唐史的学者不太关注佛教史的问题，而佛教史学界讨论更多的是佛教的义理、哲学、思想问题。爱民的新书正是这样一部综合研究隋唐佛教和社会的论著。”（季爱民著《隋唐长安佛教社会史研究》序）

值得一提的是，师从荣先生从事宗教研究的学生中，就方法论而言，大部分都是从宗教社会史的视角切入的，体现了荣先生宗教研究观的潜在影响力。

荣先生大学期间系统修习过考古学基础课程，特别是宿白先生主讲的汉唐考古基础课程（甚至包括考古绘图），熟悉考古学基本方法，为他日后熟练地运用考古材料打下了坚实的基础。多年以来，荣先生与汉唐考古界、边疆考古界一直保持着密切的学术联系，体现了他对考古和考古材料的重视。近年来，他对黄文弼、向达等考古前辈的表彰与致敬，从另一侧面体现了这一点。

在“黄文弼与中瑞西北科学考查团国际学术研讨会”上，荣先生对黄文弼先生的学术贡献作出了恰当的历史定位，指出他是“第一位进入新疆做考古工作的中国学者”，并首次提出“黄文弼文书”的概念（《西域考古·史地·语言研究的新视野——黄文弼与中瑞西北科学考查团国际学术研讨会论文集》卷首语）。在他的推动下，近年来黄文弼所获西域文物文献研究以及西北科学考查团考察史研究取得了很大进展，特别是后者，取得了突破性进展。

在他与敦煌研究院、国家图书馆同仁共同发起的“纪念向达先生诞辰110周年国际学术研讨会”上，荣先生深情回顾了向达先生的学术遗产，并特别指出，“向先生回国后，在40年代艰苦的条件下，两次到敦煌考察，走出考古、文献相结合的敦煌学正路”，从而“走出了一条更为宽广的敦煌学的道路”，因而向达先生的相关研究也就“具有敦煌学方法论的意义”（《敦煌文献·考古·艺术综合研究——纪念向达先生诞辰110周年国际学术研讨会论文集》后记）。

这里荣先生将考古与文献的结合视为敦煌学的“正路”，固然是对向达先生的切实表彰，同时也应该是他自我心声的表达。事实上，将文献与考古材料有机结合一直是荣先生坚持不懈的追求，在他看来，这一方法的适用领域远不限于敦煌学。这一追求背后隐含的固然是他一直秉持的贯通理念的具体体现，即贯通历史与考古，同时也是因为他深刻意识到不同类型的资料都有其局限性，将它们综合起来才是研究的“正路”。他说，“我们要承认，不论是传统的文献材料，还是陆续发现的文书资料、最新的考古文物，都有各自材料本身的局限性。所以，我们……必须清楚我们自己的局限，注意自己的方法，尽量多地把各种各样的信息放到一起来研究”（《粟特人在中国——历史、语言、考古的新探索》前言）。意即在于此。

在荣先生的学术理念中，不仅文献与考古材料要统一，文献与图像材料也要统一，这也是他近年来积极介入艺术史研究的主要原因。他在思考于阗佛教图像研究的新视角与新问题时说：“文献与图像是相辅相成的关系，对于于阗佛教图像的解读，汉译佛典如《日藏经》、《月藏经》，以及法显、玄奘等人的记录，还有敦煌的瑞像记，都提供了重要的文献印证；于阗当地出土的梵文、于阗文佛典，以及藏文大藏经中保留的非常细致的于阗教法史类的著作，也是研究于阗佛教图像必不可少的参考资料。”（荣新江《于阗佛教图像研究：新视角与新问题》，《艺术史研究》第17辑，2015年）按照荣先生的逻辑，这一图文互证理念当然可以推及于阗以外的图像研究，且不仅限于佛教图像。近年来，他利用图像资料特别是新发现的图像资料撰写了一系列论文，如《粟特祆教美术东传过程中的转化——从粟特到中国》、《〈释迦降伏外道像〉中的祆神密斯拉和祖尔万》、《佛像还是祆神——从于阗看丝路宗教的混同形态》、《北周史君墓石椁所见之粟特商队》、《Miho美术馆粟特石棺屏风的图像及其组合》、《粟特与突厥——粟特石棺图像的新印证》以及《北朝隋唐粟特聚落的内部形态》等，从中都可以看出图文互证与图史互证方法的交互使用，特别是最后两篇论文，更凸显出图史互证的特征，而《〈释迦降伏外道像〉中的祆神密斯拉和祖尔万》一文堪称发掘利用图像信息研究宗教关系史的经典之作。

张广达先生是国内最早将图像资料纳入史学研究范畴从而实现文本与图像交互为用的学者之一，他把这种新的研究范式称为“文献的转折”，认为这种转折使学术气象“日新月异”（张广达《张广达文集》总序，广西师范大学出版社，2008 年）。他结合文本与图像所做的有关中外文化交流的个案研究，如《唐代祆教图像再考》、《唐代的豹猎》等，已成为学术经典。对张广达先生的图像研究，荣先生体认甚深，他说《唐代的豹猎》一文“利用阿拉伯文献，把粟特人带入长安的这一狩猎动物，从驯养到实用，给予了详细的解说，使我们今后面对唐墓壁画和陶俑展现的带猎豹和带猞猁的图像时，就可以联想起当年贵族狩猎的刺激场景。……猎豹虽然在唐朝主要是由粟特人带至中国的，但其发源地则在西亚、北非。因此，张先生的这篇《唐代的豹猎》，实际上也是唐朝与阿拉伯（唐宋称为大食）文化交往的一个重要篇章。”（《考据与义理的相互为用——张广达先生〈文本、图像与文化流传〉读后》）这里我们再次看到荣先生的学术理念与北大学术传统之间的内在联系。

近年有学者对以图证史或图史互证的方法有所质疑，认为研究者忽视了图像的程式化问题和因图像具有保守性而产生的滞后性问题，而程式化的东西是 cliché，未必有深意，不能太当真，滞后性问题则导致图像不能反映时代脉搏，不能“与时俱进”（缪哲《以图证史的陷阱》,《读书》2005年第2期）。部分学者对这种质疑表示认可。但事实上，这种看似十分正确的逻辑是对图像资料的一概而论，缺乏对图像实态微观而具体的观察。在笔者看来，图像资料固然在一定程度上存在程式化和滞后性问题，但不能绝对化地理解，比如，如果我们绝对化地理解程式化问题的话，就无法解释佛教艺术在中国发生的一系列风格变化，更无法理解中国佛教艺术在不同历史时期所具有的鲜明的时代特征，一言以蔽之，在笔者看来，不存在绝对一成不变的“程式”。关于滞后性问题，也不能一概而论，需要对具体对象做具体分析，有的图像内容反映的时代气息其实是很浓的，丝毫看不出“滞后性”，安伽墓石葬具浮雕图像中表现墓主人生前与突厥人交往的图景就是最好的例证，因为这些图像内容可以与墓志文字相互呼应。荣先生对粟特石葬具图像的研究正好说明这些图像资料具有时效性，是“与时俱进”的，不能简单贴上“程式化”和“滞后性”的标签，否则势必忽视这些图像资料潜在的史料价值。

最后需要补充的是，一位杰出的学者除了不断贡献优秀的学术产品以外，还往往能示来者以轨则、以径路，而实现这一点，需要学者的自觉意识和学术担当意识。《学术训练与学术规范——中国古代史研究入门》（荣新江著，北京大学出版社，2011年）一书的出版，就是荣先生这一自觉意识和担当意识的具体体现。该书堪称国内第一部

“中国版”的《芝加哥手册》。在该书序言中荣先生说道，“中国长期以来没有自己的‘芝加哥手册’，没有一个统一的、大家多年以来遵守的规定，所以要建立起统一的规范，还有很长的路要走。因此……我们要有自己的‘芝加哥手册’，即在没有统一的规范之前，要从我做起，大家共同努力”。并强调“学术是一种崇高的境界，学者必须洁身自好，自省自律。……写出的论文一定要遵守学术规范，这样的文章才具有学术价值和流传价值，也才能真正体现一个学者对学术的贡献。为此，我愿意和年轻的学子一起努力。”（《学术训练与学术规范——中国古代史研究入门》前言）荣先生的学术担当溢于言表，在我国学术失范情况较为严重的当下，该书的现实意义不言而喻。

这里荣先生一再强调“共同努力”、“一起努力”，意味着他不是仅仅停留在口头上的呼吁，而是要付诸行动的。我们的确能看到他为建立我国的学术规范在不断付出努力，如他一直在为建立敦煌学的学术规范而努力，为此他出版了探讨敦煌学学术史和方法论的专著（荣新江《鸣沙集——敦煌学学术史和方法论的探讨》，台北新文丰公司，1999年），直陈“面对着突飞猛进、玉石混淆的敦煌学的现状，我们需要利用各种形式的文章，大到一篇专论，小到一个注脚，来表彰先进，黜退陈腐，使敦煌学健康地发展”（《鸣沙集——敦煌学学术史和方法论的探讨》序）。

再如，荣先生赋予《唐研究》的另一学术使命是参照国际惯例，藉以建立严格的学术规范，这在他的发刊词中有清楚的表达："《唐研究》按照国际学术刊物的通例，以论文和书评为主要篇幅，在发表最新研究成果的同时，用书评的形式来评介近年有关唐研究的书刊，以期从学术史的角度总结唐研究的各个方面，并为建立严格的学术规范而努力。"（《唐研究》弁言）特别值得一提的是书评的撰写，一改以往以赞誉之辞为主、蜻蜓点水式地提点问题、且总结为"瑕不掩瑜"的俗套，既客观公正地表彰作者的学术贡献，又切切实实地指出论著存在的不足，示作者以及来者改进和进一步努力的方向。

值得欣慰的是，荣先生为建立我国学术规范所做的努力得到了学术界的积极响应，有不少在《唐研究》之后新创刊的学术刊物公开标示以《唐研究》的办刊理念和学术规范为主要参考，如《艺术史研究》、《西域文史》、《丝绸之路研究》等刊物。的确，《唐研究》已成为"当下中国学术罕见的清流"（徐俊《序跋的意义》），可以想见，其影响必将随着时间的推移不断扩大。今年早些时候，笔者在获悉荣先生即将卸任《唐研究》主编之后，在与同侪交流时不无感慨地说："《唐研究》树立了一种典范，建立了一套规范，成就了一代学人。"是否溢美之词，相信学界自有公论。

（本文原载《上海书评》2018 年 12 月 14 日版）

《求识录》中再求识

——蔡鸿生《读史求识录》读后

我常常在课堂上说，蔡鸿生先生是一位真正的智者，他不仅学识渊博，具有“全景式的历史思维”，而且还有十分高超的语言艺术，因此，阅读蔡先生的著作是一种享受，从未觉得文字有滞涩之感。蔡先生的作品既妙语连珠、诙谐幽默，又切中肯綮。当然，像这样一位充满睿智的学者，他有关治学经验与方法的论述，不啻对初学者，对即便像我这样已厕身学界有年的人也极富教益。因此，通常我在课堂上推荐给学生阅读的蔡先生的著作，除了《唐代九姓胡与突厥文化》《广州海事录》等经典作品外，更多的是他有关治学经验与方法的论著，诸如《学境》《学理与方法》《仰望陈寅恪》《读史求识录》等均一一推介。当然，我也与学生一起学习，并将学习札记与学生分享。

在蔡先生所有有关方法论的论著中，《读史求识录》（广东人民出版社，2010年。以下简称《求识录》）是最晚出的一种，也是有关方法论的讨论最为集中的一种，因此值得特别重视。因该书比较“薄”（按：“薄”是蔡先生著作的普遍特点，与现在有些人追求论著的“厚”形成鲜明对比），便于携带，一度成为我出差时的“机上读物”，因此，札记的有些内容是在飞机上完成的。

《求识录》第一篇开宗明义“历史研究要以人为本”。其中蔡先生说：“历史学的功能就是帮助我们知人论世。‘知人’的‘人’，包括个体和群体；‘论世’的‘世’，包括时势和时代。对历史一窍不通，没有间接经验为借鉴，是知不了人，更论不了世的。”（9 页）可谓的论，而知人论世的最终目的是尽可能正确地探究历史真相。

在此我想补充的是，“历史研究”与“知人论世”其实也存在辩证关系：一方面，历史研究能帮助我们提高知人论世的能力，另一方面，历史研究者也必须懂得“人情世故”，必须“接地气”，也就是说，不具备知人论世能力的人是做不好历史研究的。后一层面的问题涉及历史学的认识论问题。意大利史学家克罗齐认为，史料本身不会说话，使史料说话的，只能是历史学家的学识水平或认识水平，水平越高，就越具有创造性，所阐释的历史事实也就越深刻；史学家不是被动地接受史料，而是发挥其主观能动性，创造性阐释史料。这与兰克史学的认识论有根本区别。

在我看来，史料本身还是能说一部分话的，但更多的话、更深刻的话，需要历史学家替它发声，这主要仰赖于历史学家的认识水平和主观能动性。那么，如何提高历史学家的认识水平和主观能动性呢？从现实社会获取“间接经验”至关重要。换句话说，历史学家仍然要通过“现实”这扇窗口来认识“历史”。从认识论的角度看，如克罗齐所言，历史是以现实生活作为参照系，过去只有与当前的视域相重合时才能被人所理解。这主要源于这样一个基本事实：从人类思维运动的基本规律来看，今人与古人虽然有不同，但也有相同和不变东西，因而现实与历史始终存在密切的联系，现实与历史总有“相重合”的地方。因此，克罗齐认为一切历史都是当代史，目的并不是强调实用主义的历史观，而是在强调认识历史的基本路径，即必须通过当下、通过现在来认知历史。因此，我们可以这样认为，不了解当下，不了解现在，就无法认识过去。而史学家想要通过“现实”这扇窗口来认识“历史”，就必须熟谙“现实”、“知人论世”，即既要懂得“知”现实中的“人”，也要会“论”现实中的“世”。

王学典先生说，“历史的洞察力更重要的是来自对现实生活的参与程度、深度。一个人连自己生活的社会都认识不清楚，你怎么能指望他能认识清楚2000多年前的先秦社会呢？……希望大家不要上‘不食人间烟火’的当……保持对现实生活的高度关注，首先要当历史的创造者，才能当好历史的研究者。不了解人性的复杂，你如何研究历史人物？对人性观察的广度、深度，影响你对历史判断的广度、深度。古今中外人性是相通的，这是历史研究得以进行的假定。没有这个假定，我们就没法研究先秦史、美国史。没有比对人性的观察、比对现实的观察更能训练洞察力的了。”（王学典《治学的功力与见识》，《中国研究生》2009 年第 8 期）王先生是从训练历史洞察力的角度切入的，表达的其实是同样的意思。

在《求识录》“史与思”一篇中，蔡先生谈到论文选题问题，他说：“选题应在学术史中去寻找。只有通过学术史的回顾，才能知道既往研究遗留的问题，包括没有解决，或认识不足以至误解的问题。选择这些问题来研究，才有‘拾遗补阙’之功，不致完全重复或部分重复前人的劳动。……现在写学位论文，按规定学术史回顾是不可或缺的，但要注意，是为选题而回顾，不是为回顾而回顾。徒具形式，于事无补。选题来自对学术史的回顾，才是有根之学。”（11 页）

这段话十分清晰简洁地阐明了研究史回顾与论文选题之间的关系，现实指导意义非常强，我以为初学者可以奉为圭臬。从目前我们系我所在专业的研究生的学位论文的写作情况看，很多学生搞不清选题与学术史回顾之间的关系，以至于“为回顾而回顾”的情况普遍存在；同时，由于搞不清二者之间的关系，回顾的内容十分枝蔓，不能紧紧围绕自己拟要研究问题展开回顾，因而这样的研究史回顾基本上是无意义的。本人十分赞赏蔡先生把二者之间的关系梳理得如此清楚，这里唯一需要补充的是，在我看来，由学术史回顾进行学术研究不仅仅是“拾遗补阙”，更重要的是，它也是学术创新的起点，同时也是创造新知的起点。从这个意义上讲，正确的学术史回顾对于学术研究异常重要。这一点必须引起在读研究生的足够重视。

在《求识录》“我们不提倡‘速成’”一篇中，蔡先生谈到了“通”的问题，他说：“各个学科都要防止‘专而不通’的偏向，读专门史的人‘作法自毙’。以前有人批评牛角尖式的学科分类是‘马尾巴的功能’，但是我们不要画地为牢，不能栽在‘专’上，要有通识的眼光。”（80页）

“通识的眼光”，这马上让人想到陈寅恪先生“国人治学，罕具通识”的警示，看来蔡先生对这一警示的确是念兹在兹的。陈寅恪的通识观，蔡先生理解为“全景式的历史思维”。他在“中国学术三名著”这篇中谈练内功时说，所谓“内练”，“用陈先生的概念来讲，就是要有‘通识’。不只是‘识’，而且是‘通识’。所谓‘通识’，假如译成现代概念，也许就是要有‘历史感’，要有‘全景式的历史思维’，不是抽象地、孤立地来讲一件事情。……‘历史感’就是要把‘历史过程化’。”（59页）在蔡先生看来，陈寅恪先生的通识、精思和发覆之功在其名著《唐代政治史述论稿》中有全部呈现（蔡鸿生《仰望陈寅恪》，中华书局，2004年，25页）。

在我看来，这是目前对陈寅恪通识观最透彻的理解。从陈寅恪先生到蔡鸿生先生，“通识”早已成为他们的“共识”。在蔡先生看来，要“具通识”首先要有“通”的意识，这个“通”指专业领域的“贯通”。这涉及“通识”与“贯通”之间的辩证关系。关于二者的辩证关系，我在《学理与方法的另一种呈现》一文中已有所提示，这里还想再重申一下：

“贯通”是“具通识”的前提，“贯通”的主要目的是为了“具通识”，不具备“贯通”能力则难以“具通识”；而“具通识”与提高史家的“识见”又是正相关的，只有“具通识”才能提高史家的“识见”。因此，优秀的历史学家往往既具有强烈的“贯通”意识，更具有强烈的“识见”意识。“独断之学”是邓广铭先生终生追求的目标，“独断之学”即指史家要有“独到的见解”，史家要有“识见”。他认为一个学者如果“不能抒一独得之见，标一法外之意，而奄然媚世为乡愿”，（邓广铭《邓广铭治史丛稿》自序，《邓广铭治史丛稿》，北京大学出版社，2010年）那就不足取了，应力求避免。

在《求识录》“精神产品和精神家园”一篇中，蔡先生谈到了“为文”的重要性，他说：“由于重道轻文……现在一些人写文章或著书，不是没有‘道’，但因为‘文’不行，表达不好，令人难以卒读……今天，有必要适当强调‘文’的重要性。‘道’固然重要，但‘道’要‘文’来载。”他在《精神生产的历史经验》一文中再次强调“文字表述”必须“狠下功夫”：“从心上到纸上的整个过程，表现为逐层减弱的趋势，即想比说好，说比写好……因此，文字表述必须狠下功夫，才有希望把思维所得的新意挤逼出来。”（蔡鸿生《学境》，香港博士苑出版社，2001年，1页）

事实上，蔡先生的确是“为文”的典范，即如前文所说，他的语言艺术十分高超。不止蔡先生如此，很多前辈学者都十分注意“文字功夫”的锤炼。

这相当于“道”与“器”的关系，不能只重“道”而不重“器”，须知“器”是“道”的表现形式，无“器”则无以显“道”。换句话说，“文字功夫”不过关最终会影响学术产品的质量。在我看来，学术产品的文字表达的基本要求是：准确、严谨、简练。正是意识到“为文”的重要性，本人在平时训练学生时也颇留意于此。实际情况是，写作技巧缺乏和文字表达能力弱是普遍存在于在读研究生身上的“能力短板”，“行文枝蔓”、“言不达意”、“夹叙夹议”、“杂乱无章”、“偏题跑题”等情况比比皆是，因而必须引起足够的重视。我的具体做法，一是推荐一些文字功夫上乘的前辈学者的学术产品让学生阅读，通过阅读揣摩他们的语言表达技巧，并进而让他们试图去模仿，我推荐的学者包括宿白、蔡鸿生、张广达、荣新江等；二是跟大家一起分享前辈学者“为文”的经验，如缪鉞先生的经验。现将缪先生的经验撮要介绍如次，与初学者共勉之！

缪鉞先生常说，“作文章并不是一件容易的事情”，因此将学术写作形容为“惨淡经营”。他曾引陆机《文赋序》“每自属文，尤见其情，恒患意不称物，文不逮意。盖非知之难，能之难也”（晋陆机《陆士衡文集》卷一《赋一》，清嘉庆《宛委别藏》本）一语，指出“文事益进，则运思愈精；运思愈精，则求达益难”。可见其对自己的写作要求之高。缪先生行文的基本原则是：简明清畅，要言不烦。犹忌枝蔓芜杂，为此必下“惨淡经营”的工夫。他又说，作文章最讲究得体，即在一定的题目要求之下，哪些应当说，哪些不应当说，哪些应该多说，哪些应该少说，都需要斟酌，不能信笔乱写。如果斟酌得好，则“轻重疏密，各得体宜”，就是好文章；如果信笔而写，杂乱无章，繁简有无都不合适，就是坏作品。为此他强调，作文之前一定要事先构思好（这段文字主要参考了罗志田《要言不烦：缪钺先生论表述》，《读书》2015 年第 2 期）。

陆机所说的“意不称物，文不逮意”相当于我们今天所说的“言不达意”、“言不尽意”，可见这一点自古至今都是“为文者”要解决的首要问题。从“盖非知之难，能之难也”一句中，我们能感受到古人眼中“为文”的难度究竟有多大。陆机的说法似乎有些超出我们的想象，但这的确是古人“为文”的态度，也是事实。之所以有些超出我们的想象，说到底，是因为今天我们很多忙于制作“学术产品”的人并没有充分认识到“文”的重要性（即没有搞清“文”与“道”或“器”与“道”之间的辩证关系）以及严重低估“为文”的难度。缪鉞先生因对陆机的话有非常深刻的认识，因此才有“惨淡经营”、“文事益进，则运思愈精；运思愈精，则求达益难”的感叹，这也正是他“为文”实践的真实写照。缪鉞先生通过自己的“为文”实践，反过来又加深了他对陆机所言的体认。

对照缪、蔡二位先生的“为文”，可以发现有不少共性，首先，都简明流畅、要言不烦；其次，他们的著作都很“薄”。由此看来，“坏作品”各有各的“坏”法，而“好作品”的“好”法则基本一致。

《求识录》“仰望陈寅恪铜像”一篇，是蔡先生在陈寅恪铜像揭幕仪式上的致辞，其中第二段话，读之为之动容：“面对着陈寅恪先生的宗师伟业，道德文章，我自知差距巨大，矮了半截，只有仰望又仰望。他生前授课，我坐在学生凳上仰望；他作古多年后，我写《仰望陈寅恪》一书追念；今天在这个仪式上致辞，依然守‘仰望’之旧义，不敢哼‘走近’的时调。时时仰望，似乎比烧炷香更能表达对金明馆主人的感念之情。”（95 页）

每次读到这一段，不知为什么，我的眼睛总会湿润，且如鲠在喉，总想说点儿什么。按照我的理解，这段话，一方面，是蔡先生在恪守“师道尊严”之旧义，是一个

“弟子”向“先师”的最崇高的致敬，这一层意思无须多说；但另一方面，“仰望”一词足以引起我们更多的思考。在先师面前，蔡先生的心迹展露无遗。我们看到的是，博学如蔡先生者，对陈寅恪先生仍始终抱持“仰望”之旧义，从不敢奢谈“走近”的时调。因此我相信，蔡先生说“自知差距巨大，矮了半截”，绝对不是自我谦虚，而是肺腑之言，真正是一位智者的“自知之明”。蔡先生作为真正的智者，此时此刻再次展现出他的大智慧。因此我认为，蔡先生对陈寅恪先生的态度可以成为时下一些学者的警醒剂，因为在他们身上缺少的正是“自知之明”。用通俗的话说，就是早已不知道自己究竟“几斤几两”了。

蔡先生说，“学人更要抑制浮躁，‘浮躁’是学术上的‘幼稚病’”（80 页）。这句话非常具有现实意义，事实上，当下学术界这种“幼稚病”颇为流行。蔡先生在另外的场合对“浮躁”作了进一步解释，他说，“浮躁就是轻浮加急躁，一浮躁就不可能踏实……只有‘潜’下去，才能进行脚踏实地的研究”（蔡鸿生《仰望陈寅恪》，219—220 页）。又说，“浮躁是对心灵的践踏和背叛……任何短、平、快的登龙术，都与精神生产的历史经验不相干”（蔡鸿生《精神生产的历史经验》，《学境》，1 页）。看来“浮躁”的确是为学者的大忌。在此我还想补充的是，当下学术界还有另一种病，也很严重，那就是“狂妄症”。他们往往在某个领域小有成绩辄“信心爆棚”，以为已“高处不胜寒”，于是“鸢飞戾天”之心日重，把自己当做待价而沽的“奇货”，在学术市场“吊起来卖”，这都是“狂妄症”的具体症候。

在严肃的学者眼中，著书立说是一件非常艰辛的工作，但在这些学者眼中似乎不需要那么艰辛。但坦率地说，这些学者靠印刷“等身”的著作而取得的“巨大成就”，如果与那些“具通识”的前辈学者相比较，其间的差距，套用章炳麟在《东京留学生欢迎会演说辞》中的一句话就是，“不可以道里计”！为什么“不可以道里计”呢？陈垣先生《致蔡尚思函》中作了回答：“欲成一专门学者，似尚须缩短战线……不然，虽日书万言，可以得名，可以噉饭，终成为讲义的教科书的，三五年间即归消灭，无当于名山之业也。”陈先生这句话仍有现实意义，因为现如今仍确有不少学者真如陈先生所说这般操作，其与“具通识”者的差距自然“不可以道里计”了。“具通识”对人文学科的意义，钱钟书先生归纳得很到位，他说，“人文学科的各个对象彼此系连，交互映发，不但跨越国界，衔接时代，而且贯串着不同的学科”，因而“成为某一门学问的专家，虽在主观上是得意的事，而在客观上是不得已的”（钱锺书《诗可以怨》）。存在上述两种病症的人往往意识不到这两点，因而很容易把自己的学问从“专家级”自动升格为“通识级”。

当然，这两种病症存在内在联系，因此很多人往往一身患二病。说到底，患这两种病症的人主要是被眼前利益和功利心迷失了心智，即如中国科学院院士、古生物学家周忠和所言，“功利主义让我们远离了科学精神”（李艳《功利主义让我们远离了科学精神》,《科技日报》2018 年 6 月 21 日），因而忘记了学问其实是“无底深渊”，不仅“学”无止境，“问”也无止境，因而他们已丧失对学问必须抱持的“敬畏之心”，必须抱持的“战战兢兢，如履薄冰”的态度。看来，不仅人文社科界有人染病，自然科学界也有人病得不轻。

患病或与环境有关，如学者所言，“如今的学术环境，使得学人一味在争夺生存空间，校园政治大行其道，欲以小人之术谋君子之相，非但心术不正而已，学术上也只好横溢斜出，凿空蹈隙”（桑兵《桂子山从学琐记》，原载《近代中国研究网》，此据《桂子先导》微信公众号，2019 年 9 月）。患病固然与环境有关，但也不能成为自甘堕落的理由。

说实在的，那些“信心爆棚”的学者的学问和识见，跟陈寅恪先生的相比，真的算不了什么，用“几分之一”来形容，实不为过。“信心爆棚”者与陈寅恪先生之间的差距，可以从陈寅恪的“贯通”能力，“发覆”能力以及“工具”的掌握能力等几个方面进行比较。陈寅恪先生的“发覆”能力，蔡鸿生先生有透彻的解析（蔡鸿生《发覆的魅力》，载《仰望陈寅恪》，66—74 页）。何炳棣先生对陈寅恪先生的评价可谓公允之论：“陈寅恪师国学根基之深厚、欧亚古代语言之具有阅读之能力、中古史实制度考订之精辟、诗文与社会史相互阐发之清新深广，世罕其匹，自有公论。”（何炳棣《读史阅世六十年》，广西师范大学出版社，2005 年，322 页）何炳棣先生也是当今海内外公认的成就卓著的史学家。学识渊博如何、蔡二先生者，尚且有如此清醒的认识，尚且始终抱守“仰望”之旧义，况我辈乎?!

“陈寅恪”就坐在那里一直默默地注视着我们，不知那些每天行色匆匆地从他身边走过的“鸢飞戾天者”，何时才会“望峰息心”呢?

李伯重先生说：“我国学者写的学术著作今天越来越被国际学界视为假冒伪劣而不屑一顾，也真令我们感到汗颜和悲哀。就此而言，我们中国学者实在有愧于我们的时代。”（李伯重《我们在学术上不能无所作为》，《海外汉学研究》微信公众号，2018 年 6 月）难道这些话还不足以振聋发聩吗?

“写作是一场战斗”

——读熊易寒《什么是好的学术研究：选题策略与写作技巧》札记

最近，复旦大学国际关系与公共事务学院熊易寒教授撰写了一篇讨论研究方法和写作技巧的文章，题目是《什么是好的学术研究：选题策略与写作技巧》（载《澎湃新闻》2019年5月16日。以下简称《技巧》），联想到我自己平时指导研究生的情况，马上感觉到这篇文章“于我心有戚戚焉”。于是立即下载认真阅读，并随手札记，最后将原文及札记一并传给学生分享。虽然我们与熊教授之间存在学科差异，他属于社科领域，我们属于人文领域，但人文与社科之间有许多学理与方法是相通的，故而《技巧》一文颇值得我们学习和借鉴。我非常欣赏《技巧》中的一句话：“写作是一场战斗”，因以为题。

首先需要注意的是，读者不要被这篇文章的题目所迷惑，以为《技巧》主要讨论的是工具理性，事实上工具理性背后隐含的是价值理性，是学理的分析，是学术的内在逻辑分析，是以学术价值为归依的。

《技巧》开篇就说：“学术写作，不是工具性写作，不是创意写作，也不是文学性写作。它本质上是思维能力的训练，注重缜密性、理性化、说服力和独立学习的能力。”

这段话准确地回答了为什么要进行学术写作，并指出了学术写作与其他写作的本质区别。学术写作本质上是一种“能力”的训练，什么能力？可能包括如上所说的各种能力，但最后都必须综合为一种能力，即创新能力，因为学术写作的过程必然伴随着知识创新，没有知识创新的产品是不合格的学术产品。这与古人所说的“述而不作”是不一样的，今天的学术写作，既要有“述”，又要有“作”，最终目标是为了有“作”，从这个意义上讲，今天学术写作中的“述”是为“作”服务的。

《技巧》认为，一个好的研究，需要具备这样一些要素：“首先要提出一个好问题；然后要有一个好方法……；最后要有好数据。当然最好同时还有好文笔，好的文笔也是很重要的一个方面，可以增加大家的阅读兴趣。”

我把它们归纳为好的学术产品的“四好”标准，完全赞同。这里的“数据”相当于我们说的“材料”或“资料”。如何选一个“好问题”，即是论文选题的问题，本书《〈求识录〉中再求识》一文已有所讨论，这里不再重复。关于“好文笔”，也在《〈求识录〉中再求识》一文中已有所讨论，唯一需要补充的是，好的文笔不仅“可以增加大家的阅读兴趣”，更重要的是，文笔的好坏直接影响作品的质量。

蔡鸿生先生认为，学术论文大体上有三个要素，借用桐城派的术语，就是义理、考证和辞章，简言之，即是论、证、文（蔡鸿生《仰望陈寅恪》，中华书局，2004年，214页）。这里的“义理”相当于“问题意识”，“考证”相当于对材料的处理、分析以及在此过程中呈现的研究方法，“辞章”当然就是指文笔了。可见《技巧》的“四好”标准与蔡先生的“三要素”基本一致，进而与桐城派的主张一致，体现出古今同理、人文与社科同理。

关于“好方法”涉及的内容很多，也很复杂，这里无法展开。以下就如何找到“好数据”略呈个人思考。对于人文学科而言，如何找到“好数据”，其实涉及如何读书的问题，这一点与社会科学获取“好数据”的方法有些不同。社会科学的“数据”除了通过阅读获取以外，有时也可以通过一定的范式直接从现实社会中收集，而人文学科主要依靠阅读获取，因此对阅读质量要求更高。相较于社会学科，人文学科学的阅读范围更加广泛，以传统的文史哲研究而言，阅读范围包括基础资料范畴的古籍文献以及以其他各种形式留存下来的可作为基础资料使用的文字资料，以及今人的相关研究成果，因而好的阅读方法对人文学科的学术研究至关重要。为此我将学术研究范畴的阅读称之为“学术阅读”，以区别于一般的阅读，关于“学术阅读”的方法，我在本书的“问与答”部分已有所涉及，这里不赘。唯一需要补充的是蔡鸿生先生的看法和朱子的主张。

蔡先生说，有的研究生“样子是在读书，实际上却是在查资料。从严格意义上讲，‘读书’不是查书，因为我们不能把名著与一般性的书同样对待。……读书要‘慢’，而查资料要‘快’”（蔡鸿生《仰望陈寅恪》，220 页）。将“读书”与“查资料”混淆是时下研究生常犯的错误，蔡先生的话可谓一针见血。将“名著”和“一般性著作”同样对待、平均用力也是时下研究生常入的误区，蔡先生的提示同样击中要害。蔡先生说，“好书不厌百回读，重温一遍，又会取得意想不到的新知”，因此“名著不止要读，而且要经常复习”（蔡鸿生《仰望陈寅恪》，25 页）。这不禁让我想起，宿白先生的《白沙宋墓》2000 年由文物出版社再版后，徐苹芳先生随即撰写了重读《白沙宋墓》的读书心得（徐苹芳《重读〈白沙宋墓〉》，《文物》2002 年第 8 期）。因此，我完全同意蔡先生的观点，为此，课堂上我给学生作了“一般性阅读”和“重点阅读”的区分，“一般性阅读”要“快”，而“重点阅读”属于“精读”，要“慢”。看来，在读书的“快”、“慢”问题上，学界是有共识的。在这个问题上，通过朱子的主张，可以看出古今也是同理的。

朱熹的《朱子读书法》一向被学人看重，主要原因是其中确立的读书原则一直没有过时，至于他说的读书的终极目标是为了“穷理”这样价值预设我们可以暂且不去管它。以下朱熹的几个读书原则与蔡先生的主张有相通之处，兹撮要介绍如次。

“循序渐进”原则。朱熹说：“读书之法莫贵于循序而致精。”（宋张洪辑《朱子读书法》卷一，文渊阁四库全书本）循序渐进是朱熹始终坚持的读书原则。朱熹认为，读书要从易到难，从浅到深，从近到远，急不得，也慢不得。

“熟读精思”原则。朱熹说：“大抵观书，须先熟读，使其言皆若出于吾之口，继之精思，使其意皆若出自吾之心，然后可以有得尔。”（《朱子读书法》卷四）这是强调读书必须“读”与“思”相结合，“思”需要“精思”，而“精思”是建立在“熟读”基础上的，只有“熟读”才能“精思”。在“熟读”加“精思”的基础上，才能“有得尔”（即“有所心得”）。这里的“熟读”相当于上文所说的“精读”。“熟读”到何种程度才算可以呢？要达到“使其言皆若出于吾之口”的程度，用今天的话说，起码要达到朗朗上口的程度；“精思”到何种程度才算可以呢？要达到“使其意皆若出自吾之心”的程度，用今天的话说，完全达到了心领神会的程度。

“精思”的意义在于，“精思”是从阅读材料中找到或重新发现“好数据”的基本途径，“好数据”往往隐藏在材料背后，需要“挖掘”，挖掘“好数据”的过程也是找到或重新发现阅读材料学术价值的过程，而挖掘的基本手段就是“精思”。另外，“精思”也是发现问题的必由之路，因此“精思”的过程也是发现问题的过程。

“着紧用力”原则。朱熹说读书要“宽着期限，紧着课程。为学要刚毅果决，悠悠不济事。且如发愤忘食，乐以忘忧。”（元程元礼《读书分年日程》卷三，文渊阁四库全书本）“宽着期限”是说“读书不肯为人忙”，要“慢”；“紧着课程”是说读书虽然不必求快，但也必须抓紧时间，保持一定的速度，不能松垮疲沓；后两句话都是在强调读书必须要有恒心和毅力。

由此可见，《朱子读书法》今天仍然有很强的现实指导意义。因此，今天仍然受到学者重视，如姚大力先生在上海东方电视台所作的《漫谈读书》系列讲座中，就重点参考了《朱子读书法》（姚大力《漫谈读书》，载氏著《读史的智慧》，复旦大学出版社，2010年）。

概而言之，从人文研究的角度看，“好数据”一方面可能来自于新材料，通过新材料发现“好问题”，但新材料可遇不可求，等米下锅终究不是办法，另外，研究者的“识见”终究不能靠新材料来烘托。因此，更多情况下，“好数据”要靠“阅读”获得，即对人皆可见的文献的“阅读”，既包括对古籍以及其他各种基础资料性质的文字的阅读，也包括对前人研究成果的阅读。因此，在我看来，“好数据”主要是“读”出来的。

在谈到如何发现问题时，《技巧》说：“书呆子用书本知识解释一切，生活在抽象世界里；普通人用日常经验解释一切，生活在具体世界里。而学者必须在抽象与具体之间往返穿梭。”在谈到培养想象力时，又说：“我们要关注大事和身边的事。观察的能力非常重要，一个对理论敏感的人，应该对生活足够敏感。如果你对各种各样的事情都熟视无睹，非常迟钝，是不太可能做出非常好的研究的。”

这两段话虽然分在文章的两处，针对的是不同的问题，但要表达的内在逻辑是一致的。作者想要表达的意思是，从社会科学的角度看，研究者必须对现实社会要有足够的了解，对身边的事物要有足够的敏感和认知，否则既不利于发现问题，也不利于培养想象力，最终是做不好研究的。这实际上是在强调社会科学研究从现实社会中获取间接经验的重要性和必要性。其实，人文研究又何尝不是如此呢？读懂当下，读懂日常，读懂现实社会很重要。现在看来，不惟历史研究需要这么做，其他人文社科的研究也须这么做。关于历史研究需要这么做的内在逻辑，笔者在本书所收《〈求识录〉中再求识》一文中已有所分析，这里不再赘述。政治学、社会学、管理学、法学等社会科学则完全是以现实社会为依托的，介于人文和社会科学之间的人类学、民族学与现实社会的关系也异常密切。可见，人文社科对于现实社会的关照，不仅仅是其中某些学科的“问题”直接源自现实社会，要解决的是社会现实问题，从某种意义上讲，这种“关照”可以视为人文社科研究的共同的方法论。

《技巧》强调了培养社会科学想象力的重要性，并就如何培养给出了几点具体建议：第一，要有保留地、批判性地读书，一定不要迷信任何经典；第二，要关注大事和身边的事；第三，要多思考，有一定的联想；第四，要建立学术档案。

首先，我认为，不惟社会科学需要想象力，人文学科也同样需要；其次，在我看来，这几点建议也完全适用于人文学科，其中涉及的内容几乎都是我平时指导学生时强调过的，这再次说明人文和社会科学在学理和方法方面有不少共通性。关于第一点，我想补充的是，不能把“批判性阅读”简单理解为“挑别人的错”、“找别人的毛病”，而应理解为一种学术思维的训练；同时，“批判性阅读”也是我们发现问题和解决问题的起点。从以上意义上说，“批判性阅读”对学术训练至关重要。“批判性阅读”即“反思性阅读”，反思的内容应该包括阅读对象的证据资料、研究的内在逻辑以及理论方法等。关于第二点，涉及与现实社会的关系问题，上文已涉及。关于第三点，与第一点可以相互呼应，“批判性阅读”或“反思性阅读”已伴随了思考，只是进一步提示了思考的方式。因此，综合这两点，我们可以提出这样一句口号："不思考不读书，读书必须伴随思考"。关于第四点，也正是我平时给学生一再强调的。我常跟学生说，在阅读中产生的任何想法、灵感、小的思想火花，不论是否成熟，都一定要先记下来，因此，我要求他们一定要做好读书笔记，并不定期检查读书笔记。对此我提出的另一句口号是："不动笔不读书，读书必须动笔"。

《技巧》说，写作才是"王道"。那写作为什么如此重要？作者说，"如果不去写作，你会觉得脑海里所有的想法都是完美的。如果所有的想法只在大脑里运转，不把它写出来，除非你的逻辑思维能力超级强，否则很难发现它的漏洞所在"。

结合本人多年的写作经验，我完全同意作者的上述逻辑。我始终认为，只有通过写作才能完善自己的思路，"只说不练"是不行的。只有写作才能呈现自己最完整的思想，无论多么成熟的思想和想法，如果仅停留在自己的大脑中，永远都是不完整的。为什么会是这样呢？因为严肃的学术写作过程是一个更加缜密思考的过程，你所写的每一句话，乃至所用的关键性词汇，以及所使用的所有证据资料，所使用的方法，都要经得起逻辑的推敲，因此在这一过程中就会发现，原来停留在大脑中的想法和思路，存在不少漏洞。从这个意义上讲，写作过程也可以看成是填补"思想漏洞"的过程。因此，从有比较成熟的"想法"到拿出合格的学术“产品”，还要过一道十分关键的“写作关”，这一关是学术“产品”升华和质变的关键。如果过不了这一关，“凤凰”永远不能“涅槃”。

《技巧》把学术写作比喻为“一场战斗”，说“每一篇好文章或每一本好书，都应该有明确的‘敌人’。你需要寻找你的批判靶子，寻找对立的文本。寻找哪些文献是支持你的假设的，哪些文献的观点是你所反对的？你主要反对的是谁的观点？这些问题都是非常重要的”。

学术写作的确如“打仗”，而且是一场“硬仗”，即“攻坚战”。既然是“打仗”，那么首先要知彼知己，“知彼”要求对以往研究的通盘掌握，即要熟悉“敌人”的战略战术，并十分清楚其优势与劣势，“劣势”相当于以往研究“存在的问题与不足”，这些“问题与不足”可能就是“敌人”的薄弱环节甚至盲区，是你要重点进攻的地方。“知己”应当体现自己的完整的战略战术，包括用何种“武器”，进攻的“路径”，“具体进攻点”的选择等，当然，还要清楚自己“重点防守的区域”。这里的“武器”相当于证据资料和相关理论，“路径”相当于具体研究方法，“具体进攻点”相当于解决这一问题从哪几个方面着手，“重点防守的区域”相当于自己的论文可能存在的漏洞，要特别注意堵塞，千万不能对自己的漏洞采取“掩耳盗铃”或“瞒天过海”的态度。

这样看来，把学术写作比喻为“一场战斗”，的确很生动很形象。既然学术写作是“一场战斗”，这也意味着，你所写的论文必须要有分量，没有分量，何来“战斗力”？

事实上，早已有前辈学者将生产学术产品时视如“打仗”了，这可以成为我们“走向胜利”的榜样。姚大力先生在总结张广达先生的学术视野和治学功力时说道：“当你阅读文集中的这一类考据文章时，你可能会感觉到，作者就好像是一个在极漫长的战线上耐心而细心地布设其军事防御阵地的雄心勃勃的统帅。他的铁军都被放置在阵地的最前沿，时时处处严阵以待。一旦战线的某一点上发生什么新的有利情况，枕戈待旦的军队便立即从那里向外突击，迅速将前沿推进到一片新的地域。”（姚大力《张广达先生的学术视野和治学功力》，《东方早报·上海书评》2008年8月10日）这里的“文集”指《张广达文集》。如果有一天，你能成为像张广达先生那样的“统帅”，你还担心自己的写作能力吗？

历史时期考古学与古代文献的关系

——博士课程《经典古籍研读》导言

首先必须明确一点，考古就是研究历史，因此考古学与狭义历史学存在着天然的联系，任何将二者人为割裂开来的做法都是不明智之举。对此，部分睿智的考古学家早已有清醒的认识。张光直先生说，“作为考古研究对象的物质，是与它所处的那个时代的社会经济、政治、文化相联系的，是一种物化了的历史文化，因此考古学与历史学不能打成两截。那种考古归考古、历史归历史，搞考古的不懂历史、搞历史的不懂考古的现象，是一种不应有的奇怪现象，说明了认识观的落后。”（见王和采访稿《考古学与青铜文化及其他》，载中国社会科学杂志社编内部刊物《未定稿》1988 年第 4 期）张先生把它提升到认识观的高度，可见问题的严肃性。

考古学与狭义历史学属于历史科学的两个分支学科，二者之间的关系朱凤瀚先生作了进一步归纳，他说，“考古学所研究的是历史的物化表现，狭义历史学研究的是对历史的文字记录，应该说二者的根本区别不在于研究对象的本体，而只是研究对象的不同表现形态。两个学科间因为研究对象表现形态的差异造成的方法、手段与技术层面的差别，只能决定学科各自教学方式与训练方式方面的区别，不应该成为学科间相互结合的障碍。”（朱凤瀚《论中国考古学与历史学的关系》,《历史研究》2003 年第 1 期）虽然二者在方法、手段与技术层面有差别，但也并不意味着二者在方法、手段与技术层面存在相互为用的可能性。

历史时期考古学与古代文献的关系本来无须讨论，但由于考古界内部对古代文献的态度并未完全达成一致，因此，这一问题对初学者而言，仍有必要进行适当反思。

首先，我们可以先暂时放下争论，先看看那些在历史时期考古学领域卓有建树的考古学家对古代文献的态度。这里就以宿白先生和张勋燎先生为例。

宿白先生在北大讲《历代名画记》课时，在“导言”部分说：“考古，传统的看法就是研究历史，古代文献对旧石器、新石器用处不大，但是夏商周三代离不开文献，以后就更加离不开。离开文献就成了纯发掘整理，这是远远不够的。从《史记》开始的纪传体史籍和司马光的《资治通鉴》是汉唐以来考古的基本书籍。”

这段话，第一，对于文献在考古研究中所起的作用做了一个恰当的评估，文献在旧石器、新石器研究中的确起不了什么作用，但历史时期考古绝对离不开文献；第二，对于汉唐以来的考古学研究所要关注的基本文献做了一个明确的提示，具体而言，包括《史记》、《汉书》、《后汉书》、《三国志》、《宋书》、《南齐书》、《梁书》、《陈书》、《魏书》、《北齐书》、《北周书》、《南史》、《北史》、《隋书》、《旧唐书》、《新唐书》、《旧五代史》、《新五代史》、《资治通鉴》等。年代跨度上限秦汉，下限五代。但注意，这只是“基本书籍”。

宿白先生对汉唐宋元时期文献的重视程度和熟悉程度世所公认，除此之外，对佛教文献也相当熟悉，曾为北大佛教考古专业研究开设《汉文佛籍目录》课程，并精通版本学目录学，因此，他对古代文献的驾驭能力根本不亚于历史专业的研究者。宿先生之所以能成为考古学的一面旗帜、历史时期考古学最杰出的代表，除了天资和勤奋以外，至少在研究方法上，得益于将考古材料与文献的高度结合，因此，要想在历史时期考古学领域有所建树，宿先生树立了一个很好的榜样，指明了我们努力的方向。

如果大家要进一步体会他的著作中是如何利用文献的，最好阅读他的《白沙宋墓》，学界公认《白沙宋墓》是我国历史时期墓葬考古报告的典范。《白沙宋墓》出版于 1957 年，是新中国最早出版的考古报告之一。报告的注释部分最显宿先生的文献功力。宿先生在注释中对墓葬随葬品及壁画所见名物制度，以及仿木结构墓室所见宋代建筑技法与工艺详加考释，以至于注释文字远超正文文字。而考释内容完全以文献为依托，旁征博引，对唐宋文献的熟悉程度令人惊叹，他不仅熟悉正史文献，对正史以外的其他类型的文献也相当熟悉，充分体现了宿先生的文献驾驭能力。而报告的撰写是在1954年完成的，当时的宿先生只有三十二岁，这么年轻就有如此深厚的文献功底，这更令人叹服。从另外一个角度看，文献的充分使用是《白沙宋墓》成功的关键。而之所以以注释的形式呈现，主要考虑到要保证考古报告的总体客观性，不能把带有主观倾向的内容与报告主体正文相混淆（徐苹芳《重读〈白沙宋墓〉》，《文物》2002年第8期）。但今天看来，注释的价值丝毫不亚于正文的价值，犹如《三国志》裴注的价值。

我们注意到，《白沙宋墓》的注释中使用了堪舆类文献，这对后来者是一个重要的启发。事实上，从事唐宋墓葬考古（包括辽金元时期），必须利用堪舆类文献。唐以前的相关文献现在十分罕见，当然有，如保存至今的晋代郭璞所撰的《葬书》就是其中一种，但总体上留存下来的很少。唐宋以后的这类文献应该更多，但大部分没有保留下来，不过仍有传世的。有学者对四库全书所收堪舆类文献做过梳理，可以参看（李定信《四库全书堪舆类典籍研究》，上海古籍出版社，2011年）。传世的堪舆类文献，今天所见成书较早且比较重要的有成书于北宋时期的《地理新书》，金元时期有人对该书做了补充和完善，重得名《重校正地理新书》；其次还有成书于金元时期《大汉原陵秘藏经》和成书于宋元时期的《茔原总录》。刘未对《地理新书》和《茔原总录》做过文献学研究，包括成书年代、版本、流传情况等（刘未《宋元时期的五音地理书——〈地理新书〉与〈茔原总录〉》，《北方民族考古》第1辑，2014年）。除此以外，敦煌文书中也有新发现，如伯希和所获敦煌文书中有唐写本《葬卜经》、《葬经》等（参看金身佳编著《敦煌写本宅经葬书校注》，民族出版社，2007年）。

那么堪舆类文献对于唐宋金元时期的墓葬考古究竟有何意义呢？正如徐苹芳先生指出的那样，“唐宋时代的墓葬形制和埋葬习俗，在很多地方都是根据当时的堪舆家所规定的制度来安排的，特别是在葬式、随葬明器、墓地的选择和墓区的地面建筑等方面，与堪舆术的关系极为密切。……因此，在研究唐宋时代墓葬形制和随葬明器的过程中，就必须对当时的堪舆术有所了解，以便正确认识墓葬形制中的许多奇特的令人难以理解的现象和遗物”（徐苹芳《唐宋墓葬中的“明器神煞”与“墓仪”制度——读〈大汉原陵秘葬经〉札记》，《文物》1963年第2期）。

按照徐先生的提示，如果我们不了解堪舆类文献的话，我们可能连墓葬中明器的名字都叫不出来，而它们在堪舆书籍中都是有专名的。通过堪舆书籍，我们除了了解明器数量、摆放位置外，还可根据文献中的提示对墓中的明器的名称进行“对号入座”，如当圹、当野，如仰观、伏听，如“方相”、“观风鸟”、“仪鱼”、“蒿里老公/翁”等都有可能通过“对号入座”的方式确定它们的称谓及其身份。

但我觉得堪舆类文献对于墓葬考古研究还有更大的作用。既然当时的墓葬反映了堪舆家的一种“制度安排”，就应该有其内在逻辑，这些逻辑正是当时丧葬观念的综合反映，因此，如果我们不了解堪舆类文献，那么我们只能看到墓葬在葬式、随葬明器、墓地的选择和墓区的地面建筑等方面所做的“安排”，但却不明白这样“安排”的内在逻辑，那么探究墓葬所反映的丧葬观念也就成了一句空话。而人所共知，研究丧葬观念是墓葬考古重要的任务之一。

四川大学张勋燎先生的研究实践同样为我们了解历史时期考古学与古代文献的关系开启了另一扇窗。张先生是我国著名的道教考古专家，为从事道教考古研究曾通读《道藏》，也是考古与文献相结合的典范。

受冯汉骥、徐中舒等前辈学者的影响，张勋燎先生很早就意识到古文献对历史时期考古学的重要性，因而早在1977年，他就开始给考古专业本科生开设了“考古目录学”课程，介绍古文献在考古研究中的运用及有关目录学知识（张勋燎《我和中国历史考古学》，载张世林编《学林春秋（三编）》下册，朝华出版社，1999年）。张先生对古文献的重视程度，从他出版有专门研究古代文献的专著《古文献论丛》（巴蜀书社，1988年）一书即可见一斑。这部书并不是一部纯粹的文献学研究著作，而是一个考古学家从考古学的视角对一部分古文献的整理，目的是为了让这些文献更好地为考古学服务，这样的做法在考古界还是不多见的。从该书的目录看，这个目录是有所侧重的，即侧重跟我们考古更为密切的文献，与宿先生所说的从《史记》到《资治通鉴》还有所不同，张勋燎先生的范围对象更加具体、明确，针对性更强。也有一些基本书目跟考古学没有直接关系，说明张先生古文献素养很高，任何一种文献都能整理。

在该书的“自序”中，张勋燎先生对历史时期考古学与古文献之间的关系，或者说古文献对考古学究竟意味着什么，有生动的阐释。他说，“考古研究的最终目的是要通过实物史料来研究古代人类活动的历史，用考古材料来说明历史问题。要从社会发展的角度对考古材料进行研究，就不是主要依靠考古材料自身的排比和自然科学的方法所能解决的了。我国古代文献浩如烟海，其数量之丰富，内容之广泛，时代连续性之强，是世界任何国家所不能相比的。考古发现的材料，特别是属于有文字阶段的，很大一部分都可以或多或少地从中找到一些记载，直接间接地得到程度不同的说明。……就拿考古断代研究来说，殷周以前，自然主要依靠考古材料自身的排比和自然科学方法解决。在殷周以后，尤其是进入秦汉以后，在很多情况下都必须依靠文献记载才能得出准确的结论。众所周知的长沙马王堆汉墓的绝对年代，就主要是将墓中随葬的‘半两钱'、'轪侯'题名器物、'二十年'木牍等材料和《史记》、《汉书》的有关记载相对照判定的，其精确程度，绝非碳十四测量之类的方法等所能达到。……考古研究必须和古文献相结合，这是中国考古学的一个显著特点，要从历史的角度对考古材料进行深入的研究，没有比较深厚的古文献知识基础，是很难办到的。"

这段话我体会最深的有两点：

一是文献的连续性非常重要。世界很多文明体，都有文字，如两河地区的楔形文字、埃及的象形文字等，但与我们的情况不同的是，我们是连续性的记录。这意味着什么呢？连续性记录有助于我们可以连续地、长时段地研究某一文明整体的进程。如果文明的记载中间有中断的话，对这个文明体的历史研究、考古研究都是缺憾，某些环节我们无法复原。因而从世界范围来看，其他文明体背景下的考古学研究虽然也涉及跟文献、文字之间的关系，但远没有像我国这么密切，这意味着，我国的古文献对考古学研究有更大的价值。

二是如果没有文献，历史时期考古学的一些基本问题都有可能得不到解决，遑论进一步的研究？如考古断代乃至无墓志墓葬的定年（无论是相对年代还是绝对年代）问题。从张先生所举的实例看，如果没有《史记》、《汉书》的记载，马王堆汉墓的绝对年代是不能确定的。再比如对某一历史时期的墓葬规律的掌握。例如，根据文献记载，

“汉帝后同茔，则为合葬，不同陵也”（《史记·外戚世家》裴骃《集解》引《关中记》）。由此我们知道，汉代有夫妻异穴合葬不同坟的传统，以此规律指引，汉代诸侯王陵的考古发掘往往能扩大战果，即以一座已知墓推定附近可能还存在另一座未知墓。最典型的例子莫过于 1968 年西汉中山靖王刘胜墓发现以后，郭沫若推测附近很可能有其妻的墓葬，考古工作者根据这一推测，在刘胜墓以北约 120 米的地方果然发现了另一座墓葬，经过该墓所出墓主人私印确认，该墓墓主人正是刘胜妻窦绾。

以上，从考古学的角度对古文献进行了一个审视，即文献之于考古学的意义。其实，不只是古文献可以助力考古学，反过来，考古学也可以助力古文献的研究，因此，二者是相辅相成的关系。

对此，张勋燎先生同样有很深的体认，他说，“考古学和古文献之间的关系是相辅相成、彼此借助，除了文献记载对考古研究所具的意义之外，考古发现、研究本身对古文献的整理研究，也有重要的作用。半个世纪以前，大学者王国维曾经把宋人研究金石考古之学的基本方法概括为这样两句话：‘既据史传以考遗刻，复以遗刻还证史传。’所谓‘既据史传以考遗刻’，就是……配合文献记载研究考古材料，而‘复以遗刻还证史传’就是根据考古材料来研究古文献……这也是传统中国考古学研究的一部分内容”（《古文献论丛》自序）。

张先生的认识十分到位。通过考古发现的文字性的东西，不管是古代文书、碑刻还是简牍，只要是通过考古发现的，都意味着对于古代文献的研究是有帮助的。这样的例子不胜枚举。以简牍为例，比如现在正在整理的北大简，其中发现了一篇《赵正书》，跟《史记》的记载有所不同，对于《史记》记载的认知有所推动；再比如正在整理的清华简里，包括《尚书》，且年代是战国时代的，从版本学来讲，是目前现存最早的本子。清华简版《尚书》对于古文献研究的意义何在？对于解决现存《古文尚书》的真伪问题提供了一个实质性的资料。现存《古文尚书》的真伪问题，一直到清代都在讨论，没有结论。碑刻类的材料能与传世文献相互比证，纠正传世文献中的错误。因为石刻材料一旦形成文本，基本上保持不变，因而具有极高的“原真性”，如果后代人对原碑进行篡改也比较容易看出，而传世文献在反反复复的刊刻中形成错误的几率很高。

最后，站在考古学的立场，谈谈中外考古学界对古代文献的态度问题。如前所言，考古界对古文献的态度一直有分歧，也就是说，并不是所有的人都认为古文献之于考古学的意义非常重大。这个问题大体可分为“国内板块”和“国外板块”来谈。

国内板块：实际情况是，很多人口头上无法否认、也不敢否认文献之于考古学（历史时期）的意义。但是在实际研究工作中，他们对古文献根本不重视或者说重视程度远远不够。客观原因是：考古学者对于文献的驾驭能力很有限，事实上，有效地、正确地使用古代文献的确不容易，所以需要有相当的相关知识储备，而很多考古专业的从业人员，并不具备这样的知识储备。主观原因是：不是能力素养不济，完全就是态度问题。比如做先秦考古的，至少有一部分人有一点跟着西方学者的思路跑，有意地弱化先秦考古学跟文献之间的关系。先秦文献的形成背景很复杂，要想理出一个可靠的线索并不是很容易的事情，因此，这些文献的可靠性都值得怀疑。如果说我们用战国文献来研究西周或者更早的殷商，在他们看来年代相差千年以上，因此这些文字性的东西可以视为春秋战国时期的人们对远古时期的追忆，可靠性完全可以打问号。这些人潜意识中还有一点，就是有意地跟文献保持距离，跟文献靠太近就是不考古，惟恐别人说自己“被文献牵着鼻子走”。但是，正如学者指出的那样，从先秦文献中有关夏的多种文献记载可知，对于西周至战国时期的人来讲，历史上有夏人和夏政权的存在是个常识，而西周早期距夏末相当于我们现在距明代早中叶之际，并不太久远（朱凤瀚《论中国考古学与历史学的关系》）。我们必须承认这个事实，因此我个人认为，先秦文献之于考古学的价值需要重新审视，且不说先秦文献中仍然保留着很多可靠的历史事实，可以直接支持考古学研究，在我看来，即便是很多不能认定为历史事实的记载，也是先秦时期社会的思想、观念、信仰等的间接反映。从这个意义上讲，先秦文献对于我们研究先秦考古学，除了在历史事实材料方面仍能提供一定的帮助外，对于通过考古材料研究先秦社会史、先秦思想史同样能够提供一定的帮助，因为只有通过考古文物资料才更有可能发现隐藏在社会生活背后的更深的一般知识思想与信仰世界（葛兆光《思想史视野中的考古与文物》,《文物》2000 年第 1 期）。

国外板块：淡化古文献的作用的倾向比较普遍，谁要文献谈得多，谁就不考古，谁就有依赖文献的“劣根性”。因为在部分西方学者看来，“文献是不可靠的”，只有考古材料最可靠，因此必须“眼见为实”，这个眼所见的东西当然是考古材料了。在他们看来，既然考古学是一门相对独立的学科，必须有自己的学科定位和学科立场，因而纯粹利用考古学材料得出独立的结论是必须的，不管结论与文献是否相符，都能显示考古学的独立性。结论如果与文献不符，则可以认为文献记载的“不可靠”，因此一部分研究中国考古的西方学者特别强调一定要“眼见为实”。所以部分从事中国考古学研究特别是中国历史时期考古学研究的西方学者，对中国古代文献比较轻视。他们这样做自有上述学理逻辑，但一个不容否认的事实是，他们有效驾驭中国古代文献的确比较困难——这或许是他们不愿正视中国古代文献的客观原因。所以，这也是为什么中国考古学界和欧美考古学界缺乏有效对话的基础——二者在学术理念和方法论上存在较大差异——至少历史时期考古学研究是如此。

还有一些西方学者，同样基于考古学独立性的视角，认为考古学不能总在大“历史圈”中打转，考古学者的大脑中不能总充满着“历史学的逻辑思维”，否则会迷失自己的学科定位。那么试问，考古学难道研究的不是“历史”吗？如果承认考古学研究的仍然是“历史”，那么考古学者具备一定的“历史学的逻辑思维”又有什么错呢？

“眼见为实”固然不错，但如果把它视为认识事物的唯一途径，那么在认识论上存在严重缺陷。从人类认识事物的基本规律看，认识主要通过直接经验和间接经验获得，“眼见为实”即为直接经验，但人生有涯，更多的认识只有通过间接经验获得，而通过间接经验获得认识的主要途径有两个：一是向他人学习，一是向书本学习，除此之外别无他途。虽然“眼见为实”无可置疑，但“眼未见”也未必都“为虚”。从这个意义上讲，一个从事历史时期考古的学者，如果绝对排斥文献的话，等于堵塞了获得间接经验的主要通道，而直接经验的获得又是极为有限的。毫无疑问，这样做的结果会严重影响认识水平，其基于“眼见为实”作出的所谓考古学的“独立判断”的可靠性非常值得怀疑。

还有些西方学者批评中国考古学研究中较多地使用文献的方式不可取，认为文献材料和考古材料属于两个系统，不能进行对应。对此霍巍、王煜二先生指出，“在实际研究中，在中国考古学中，尤其是历史时期考古学中面对如此丰富的相关的文献记载，而且在不少问题上二者实际上就‘对应’和‘互动’起来了，研究者能视而不见吗？其实，考古材料有其生成过程，文献材料也有其生成过程，我们是要在驾驭这两个系统的前提下，进行综合考察，并不是去简单对应。……这种结合中有一个‘度’，这个‘度’既有‘限度’的意思，也有‘程度’的意思，研究的高下往往就在这个‘度’的把握上。”（霍巍、王煜《关于历史考古学研究的几点思考》，载王煜主编《文物、文献与文化：历史考古青年论集》第一辑，上海古籍出版社，2017 年）

历史时期考古学与古文献的结合的确有一个“度”的把握问题，特别要注意古文献在历史时期考古学研究中不能“喧宾夺主”，否则研究就偏离了考古学本位。历史时期考古学归根结底还是考古学，考古学的基本方法仍然是历史时期考古学的基本方法，这一点不可动摇。那么如何把握好这个“度”，或者如何避免历史文献在历史时期考古学研究中“喧宾夺主”呢？我认为可以从“提出问题”的环节加以把握。

具体而言，在历史时期考古学中，我们应该对历史文献作这样的定位：历史文献永远是我们解决问题的重要工具之一，而不是提出问题、生发问题的依据和源头。也就是说，在具体研究中要始终坚持考古学的问题导向，即一切问题都是由考古材料提出或生发的，历史文献只是对解决这些问题提供重要帮助。如果做到了这一点，你的研究仍未偏离考古学本位，也就无须惧怕别人说你有“文献依赖症”、“被文献牵着鼻子走”了。仔细观察夏鼐、宿白、徐苹芳、张勋燎、王仲殊等历史时期考古学的代表性学者的研究，他们在充分利用文献的同时，“考古学本位”也十分清晰，这无疑为我们树立了很好的榜样。

当然，考古学对于历史学同样重要，理想的境界是，“一个历史工作者，也能做野外考古工作”（张光直语，见前揭王和采访稿《考古学与青铜文化及其他》）。不过这个问题已逾出本讲座主旨，不再赘述。

历史学对于民族学、人类学的意义

——本科课程《中国古代史（下）》导言

历史学是一切人文社会科学的基础，这早已是共识，从这个意义上讲，我们首先就不能轻易怀疑历史学是否对民族学、人类学有意义。

何为民族学？民族学是源自近代西方的学科概念。二十世纪初叶，民族学作为一门学科被引进中国，可以1903年林纾翻译德国学者哈伯蓝的《民种学》一书为开端，但当时译名并不统一。最早在中国正式介绍民族学的学者蔡元培是这样概括民族学的："民族学是一种考察各民族的文化而从事于记录或比较的学问。"（蔡元培《说民族学》,《一般》杂志第一卷，1926年）这句话的核心词汇应是"民族的文化"。这里所说的"记录"，约可对应于西文 Enthnography，今天可译作"民族志"；这里所说的"比较"，就其比较的内容而言，约可对应于西文 Enthnology，今天可译作"民族学"。依照这样的定义，民族学研究的工作内容包括两大板块："民族志"和"民族学"，而研究的主要目标是"民族的文化"。

我国著名民族学家杨堃先生对民族学的定义是："民族学是一门历史学科，主要是用直接观察的方法，来研究世界上各民族的生活特点和文化特点以及这些特点的发展规律。"（杨堃《民族与民族学》，四川民族出版社，1983年）这意味着民族学家们的观察对象是现在族群，是活体族群，而不是历史上的、或已消亡的族群，否则是无法"直接观察"的。这决定了民族学的基本研究方法——以民族志资料为基本抓手。不过，杨先生仍然将民族学归为"历史学科"，这一提示很重要。

如果按照林耀华先生从马克思主义民族学的角度对民族学下的定义，它的历史感更强，且研究内容远远超出了"民族文化"范畴，而是要"把民族这一族体作为整体进行全面的考察"。由他撰写的《中国大百科全书·民族卷》"民族学"条给民族学下的定义是："以民族为研究对象的学科。它把民族这一族体作为整体进行全面的考察，研究民族的起源、发展以及消亡的过程，研究各族体的生产力和生产关系、经济基础和上层建筑。它是社会科学中一门独立学科。"这一定义显然体现的是马克思主义民族学研究观，我这里暂且称之为"整体的民族学研究观"（以下简称"整体研究观"）。不过这个"整体研究观"与后面将要提到的功能学派的"文化整体论"有所不同。从"整体研究观”出发，“研究民族的起源、发展以及消亡的过程”成为民族学的重要研究内容，这就要求研究者必须从历史的角度切入，进行民族史的研究；而“研究各族体的生产力和生产关系、经济基础和上层建筑”，实际上是要研究族群内部的社会运动规律，这一研究如果没有历史的视角介入，同样很难“毕其功”。由此可见，“整体研究观”的历史感更强。另外，从研究对象来看，“整体研究观”已不仅限于“活体”民族。

不过在实际的研究实践中，“整体研究观”并没得到很好地贯彻执行，因而导致民族学的内涵与人类学特别是文化人类学比较接近，二者从目标任务到路径方法都很接近。且看我系容观瓊先生对人类学的这一概念的解释：“人类学又是一门实践性、应用性很强的学科。它对大千世界不同类型的文化不仅作出记录和描述，而且，更重要的是进行历史的、比较的分析，明了社会群体内部各种文化之间的基本结构和整体性质，并从文化变迁的角度去探求人类行为的状况和变化规律，造福社会。”（容观琼《人类学方法论》，广西民族出版社，1999年）从这段话的“文化”、“记录”、“比较”等几个词汇中我们能感觉到与蔡元培民族学定义的高度相似性。但容先生用了“社会群体”的概念，而没有用“民族”这一概念，似乎暗含二者之间在研究对象的范围上又有所差别。值得注意的是，一如杨堃先生，这里容先生同样提到了人类学与历史学科的关联，即要对民族志资料“进行历史的”分析。

“文化人类学是研究文化的学科（学问）”是学界的普遍共识（[日]仓乔重史著、王秋菊译《技术社会学》，辽宁人民出版社，2012年，129页；石奕龙编著《文化人类学导论》，首都经济贸易大学出版社，2015年，10页），因此，民族学与狭义的人类学即文化人类学的差别其实并不大。一般认为，英国的“社会人类学”（Social Anthropology）、美国的“文化人类学”（Cultural Anthropology）以及当前合称的“社会文化人类学”（Sociocultural Anthropology），在研究对象和范围上与民族学相近。如果一定要找出二者的差别，如前所言，差别主要在研究对象的范围上。一般认为，二者是包含关系，即文化人类学包含了民族学。如西方学者C.恩伯与M.恩伯合著的《文化的变异——现代文化人类学通论》一书中，除了指出文化人类学与民族学关系密切外，还将民族学归入文化人类学的范畴。同时指出民族学家的资料一般是对现存民族的观察和记录；民族学家力图弄清现在民族传统思维方式和行为方式之间的差别，以及为什么会存在这些差别。因而民族学所关注的是婚俗、亲属关系、政治经济体系、宗教、民间艺术和音乐等思维行为模式，以及在当代各种不同社会这些模式有些什么不同。民族学家还研究文化动态，即各种文化是怎样发展变化的（C.恩伯、M.恩伯著，杜杉杉译《文化的变异——现代文化人类学通论》，辽宁人民出版社，1988年，13页）。这让我们再次感受到民族学与文化人类学的研究旨趣和研究内涵高度趋同。

显然，“民族文化”或“族群文化”都是民族学和文化人类学的核心关切，那么，究竟什么是“民族文化”?《中国大百科全书·民族卷》“民族文化”条是这样定义的：“民族文化是各民族在其历史发展过程中创造和发展起来的具有本民族特点的文化。包括物质文化和精神文化。饮食、衣着、住宅、生产工具属于物质文化的内容；语言、文学、科学、艺术、哲学、宗教、风俗、节日和传统等属于精神文化的内容。民族文化反映该民族历史发展的水平。”从这一定义中，我们可以抽象出以下两点认识：民族文化是历史积累的结果；民族文化的发展是一个历史过程。

被称为人类学之父的英国人类学家泰勒（E. B. Tylor）对“文化”下过一个经典性的定义：“文化，就其在民族志中的广义而论，是个复合的整体，它包含知识、信仰、艺术、道德、法律、习俗和个人作为社会成员所必需的其他能力及习惯。”（E. B. Tylor, *The Origins of Culture*, Harper and Brothers Publishers, New York, 1958, p.1. 转引自黄淑娉、龚佩华《文化人类学理论方法研究》，广东高等教育出版社，1998年，9页）这一定义为文化人类学和民族学界所普遍接受。现代许多人类学家认为，文化是社会成员通过学习从社会获得的传统的生活方式、思维方式和行为特征，是群体（社会）所赖以起作用的规则（黄淑娉、龚佩华《文化人类学理论方法研究》，9 页）。这一“文化”概念显然涵盖了“民族文化”或“族群文化”，与上文所举《中国大百科全书》“民族文化”条的定义相比，表达方式有所不同，但内容基本一致。

由此可见，对于民族学和文化人类学研究的主要内容，中外学界能普遍接受的是“民族文化”或“族群文化”，显然，民族学和文化人类学研究的核心关切是“文化”，故我这里暂且称之为“文化研究观”。

从以上一系列的概念内涵分析不难看出，无论是“文化研究观”还是“整体研究观”，都不能缺少历史学的视角，因为如前所言，秉持“文化研究观”者要研究的“民族文化”或“族群文化”是历史积累的结果，其发展是一个历史过程；而秉持“整体研究观”者要研究的“民族的起源、发展以及消亡的过程”，其实就是民族史的研究，“整体研究观”者要研究族群内部的社会运动规律，也需要历史视角的介入。

西方民族学最初介绍到中国的主要是进化论学派，随后，传播学派、历史学派、社会学年刊学派等相继传入。功能学派的传入相对较晚，但影响较大。第一次世界大战后功能学派首先出现在英国，主要代表人物是 B. K. 马林诺夫斯基和 A. R. 拉德克利夫 - 布朗。该学派不太重视研究民族的历史，强调深入民族社区作全面的现状调查。在理论上强调文化的功能作用，认为每一种文化之所以存在，在社会生活中必有它的用处，一个民族社区就是一个整体，必须在这个整体的立足点上来考察它的全部社会生活，而生活的各个方面又密切相关。文化整体论对于研究文化是有贡献的，但它忽视了事物发展的历史逻辑，因此一度被批评缺乏历史维度。

由于我国的民族学和文化人类学受功能学派的影响较大，同时由于功能学派不重视研究民族的历史，因此很长一段时间以来，我国的民族学研究和文化人类学研究中历史的视角并没有得到充分重视，直到历史人类学派兴起以后才有所改观，但目前也并没有完全达成共识，重“现状”轻“历史”一直是我国的民族学研究和文化人类学研究的一个特点，以至于近年民族学研究和文化人类学研究出现了社会学化的倾向。出现这样的倾向会直接影响到民族学和文化人类学的学科定位，民族学和文化人类学与社会学的学科定位明显不同，社会学属于社会科学，工具属性更强一些，而民族学和文化人类学仍然属于人文范畴，最多属于介于人文和社会科学之间的范畴。

好在民族学和文化人类学界的有识之士对此已有所反思。我国功能学派的代表人物费孝通先生晚年对其以往研究忽视历史的做法有所反省，他晚年的文章公开承认自己过去对历史有所忽视，在实践中逐渐认识到人类学研究要与历史研究相结合。他说，“人类学是研究文化的，不懂得历史就不懂得文化”。他从中华民族整体出发来研究中华民族形成和发展的历史，提出了“中华民族多元一体格局”的理论，这正是从历史的维度提出的理论。因此，费孝通先生“发展了功能学派的理论，关键在于他把田野调查与历史研究方法相结合，从研究事物的历史发展角度去看问题，去总结。他认为西方功能论者观念中的整体是平面的，对研究的事物仅仅作横剖面的分析，应该把它换成垂直的，也就是说要加入历史的因素。……费先生所建立的理论可以叫作历史功能论”（黄淑娉《田野调查与历史研究》,《中国农业大学学报》2007 年第 4 期，此据《黄淑娉自选集》，中山大学出版社，2015 年，183 页）。所谓“垂直的”即“立体的”，有了“垂直的”维度，原来仅仅作横剖面分析（平面观）的事物就“立体化”了，对事物作纵、横观，正是历史学的视角。可见费先生晚年已深谙历史之道。

而我国另一位著名的民族学家、人类学家宋蜀华先生同样基于他数十年的研究实践和体会，直接提出了中国民族学研究的“纵横研究相结合”的方法论，即民族学研究的“纵横观”。他解释纵横观是“对研究对象进行纵向与横向、时间与空间，或者说现状与历史相结合的观点和方法”（宋蜀华《中国民族学理论探索与实践》，中央民族大学出版社，1999 年，19 页）。宋先生的“纵横观”已完全是历史学的视角和方法了，“纵横观”其实就是历时性与共时性相结合的研究。

我系黄淑娉先生同样基于自己数十年的研究实践和体

会，对人类学与历史学的关系有深刻的体认，她把“历史人类学”看作一种研究方法，无疑是十分睿智的判断。而且她结合自己的研究实践，深刻认识到如果“历史思维”缺位，会给研究工作造成很大困难。她举例说，“20 世纪 50 年代初期，研究各民族的族别（确定是什么民族），要研究他们的社会结构，民族文化的各个方面，都不能不研究他们的历史，必须知道研究对象的来源，他们和周围的群体有什么关系，我们可以调查他们的现实情况，了解现在的社会文化现象，但是这些现象为什么是这样，是怎么发展来的，不了解它的历史只能知其然而不知其所以然”（黄淑娉《田野调查与历史研究》，181 页）。为什么的问题在民族志研究中只能通过历时性的考察才能回答，知其然而不知其所以然的尴尬同样也只能通过历时性的考察才能避免。

后现代主义认为，“他者”的文化是无法客观认识的，因此，研究“他者”的文化，研究者的主观性是不可避免的，研究“他者”的文化只是研究者的主体体验——那么，他们的田野写作更多地靠研究者的个人“感觉”或“直觉”，但不知不觉中，“欧洲中心主义”很可能也成为他们主体体验的一种，从而不知不觉中，重新陷入“欧洲中心主义”的泥潭。

在我看来，后现代主义者研究“他者”的文化仅靠研究者的“主体体验”显然是不合适的，难以摆脱“先入为主”的嫌疑，而“先入”的“经验”仍然以西方文明和文化为参照系，如此一来，怎么可能彻底摆脱“欧洲中心主义”的幽灵呢？

因此，最近人类学者谭同学提出要重视“他者”自身的“文史哲”传统。他认为，每个“他者”都有其“文史哲”传统，人类学研究要彻底摆脱“欧洲中心主义”的幽灵，必须重视“他者”的“文史哲”传统，给予这一“传统”的优先解释权（谭同学《作为人类学方法论的“文史哲”传统》，《开放时代》2017 年第 3 期，193—208 页）。在我看来，这是在强调在研究“他者”的文化时，要注意从“他者”自身寻找“内证”，以解释“他者”文化生成的内在逻辑，解释“他者”文化的“证据”其实不假外求。因此，强调要重视“他者”自身的“文史哲”传统，无疑具有很强的方法论意义。

至于何以所有的“他者”都有自己的“文史哲”传统？谭先生解释道，“在某些社会中，毋庸置疑的确没有现代社会科学意义上的文学、史学和哲学，甚至连文字都没有。但是，这绝不意味着此类‘他者’就没有自己对世界、历史以及文化表达方式的解释体系，也即‘文史哲’传统。只不过，其‘文史哲’传统主要隐藏在口头文学、历史传说、宗教神话以及生活智慧（哲学）当中罢了”（谭同学《作为人类学方法论的“文史哲”传统》，202 页）。

这一观点可以成立。在我看来，无论“他者”处在什么样的社会发展阶段，都有自己的“文史哲”传统，因为“文史哲”是人类“发自内心的本能需求”，与其所处的发展阶段没有直接关系。正如学者指出的那样：“我们的祖先在没有文字的时候，已经开始懂得跟女孩子说一些逻辑不连贯但是真情实感的话，这样的表达方式后来被称为‘诗歌’，那就是文学的起点；一个亲密的人过世了，大家觉得很舍不得，一定会举行适当的仪式。根据考古发掘，从很早期的墓葬中，一个家庭男女老幼会葬在一起，他们的头颅边上会摆放一些彩色的石子。这些表明，我们远古的祖先已经在考虑灵魂的问题，考虑人类从哪里来、死后又去哪里，这是哲学的起点；又比如，人们记性有限，时常忘记，所以，我们的祖先会‘刻木记事’和‘结绳记事’，这是史学的起点。”（陈春声《人文学科的“有用性”》，载黄达人等《大学的根本》，商务印书馆，2015年）可见远古时代的人类已有自己的“文史哲”传统了。

发现“他者”的“文史哲”传统的意义在于，使民族学和文化人类学的研究者的“纵横观”成为可能。在“纵横观”的操作层面，研究者最担心的是那些甚至连文字都没有的“他者”，难以提供自身有效的“历史”信息，从而从他们身上找出解释其“文化”的“内证”。现在看来，“显性”的信息即便提取不到，但“隐性”的信息是一定可以提取到的。更何况，就我国的民族学和文化人类学研究而言，若欲实践“纵横观”，本身就有得天独厚的文献优势。

通过以上分析不难看出，“文化”具有“历史厚重感”，这是“文化”的主要特性之一，因此，如果消解了“文化阐释”的历史视角，则很难对“文化”进行深入研究。比如，一个族群的文化特点一定跟该族群的历史传统有关，如果不了解该族群的历史传统，也就无法准确揭示其文化特点的成因。以上还仅仅是就“文化研究观”而言，那么，如果要践行马克思主义的“整体研究观”，舍弃了“历史”概念，就更缺乏抓手了。

民族志资料最大的问题是不能兼有历时性的信息，它主要提供的是共时性信息，而如果要从历史的视角切入的话，仅有共时性信息是远远不够的。因此，民族学和文化人类学的研究除了要充分利用民族志资料外，还要重视民族自身的“文史哲”传统以及蕴藏丰富的历史文献资料。当然，“历史”的视角更不能缺失。

最后小结如下：

在人类学、民族学的研究中，历史学的视角是不可或缺的。历史学为人类学、民族学在方法论方面提供的借鉴包括两个方面：一是观察问题的视角和方法，具体而言，就是纵向观察法。纵向观察法即历时性观察法，能凸显历史的维度，它与横向观察法（即共时性观察法）相结合，就建立起了立体（三维）的观察视角，看问题更加全面、透彻。纵向观察法对考察族群文化的渊源流变至关重要。二是文献资料的处理方法，族群的历史文献资料应该用历史文献学的方法去处理，才能准确、有效地加以利用。

图像研究需要注意的几个问题

——硕士课程《艺术史与艺术考古》专题讲座之一

自二十世纪九十年代以来，受海外的影响，包括港台地区在内的我国艺术史研究逐渐趋热，除了传统的美术史界外，我国学术界特别是历史学界和考古学界对图像资料的兴趣越来越浓，《美术史研究集刊》《艺术史研究》《艺术学》《艺术考古》《古代墓葬美术研究》《形象史学研究》（现已改为《形象史学》）等相关刊物的相继问世即是明证，而且前两种刊物已成为海峡两岸公认的有关艺术史研究的权威期刊。的确，近二十多年来我国的艺术史研究取得了较多进步，但过热未必是好事。时下，谈论图像甚至已成为一种时尚，但部分学者缺乏必要的图像知识储备和图像研究方法的掌握，研究成果良莠不齐。目前一种比较流行的做法是，将图像资料进行跨时空的勾连，从而达成图像跨时空交流的宏大叙事的预设，但研究者又往往拿不出切实有效的证据证明图像彼此之间的内在联系，比如探讨西王母图像与娜娜女神图像之间的联系、在汉画像石中过度搜求贵霜艺术因素等即属此种情况，这样的做法令人堪忧。是到了应该注意图像学研究的基本原则的时候了，但以下内容仅代表我个人的思考。

一、要避免天马行空式的解读

在图像解读中不能没有发散思维，不能没有想象力，但应该有个度，发散过头了、想象过头了就会出现谬误。

比如对史前图像的解读有时容易天马行空。由于史前研究无法用文献进行佐证，我们允许史前研究提出不同的假说，假说一般是指在逻辑上似乎可以成立但难以有效验证的观点，既无法证真也无法证伪。但也不能因此对史前图像的解读过于随意，不能因为别人拿不出反驳你的证据，就将自己的观点视为当然。从目前的情况看，部分学者对史前图像（包括岩画）的解读过于随意。史前研究难以验证是客观事实，但研究者应该明白，考古材料自身还是有一定的自我验证能力的。比如，同一图像母题可能出现在不同的载体上、不同性质的遗存中、不同的考古环境中，这就要求我们要将对这一图像母题进行的内容、性质或功能预判，纳入不同载体中、不同性质的遗存中以及不同的考古环境中，分别进行验证。

贡布里希在《象征的图像》中说，他的主要目的，是要建立一套标准的防范措施，以校正对图像阐释天马行空、言说过头的习惯，正是这种习惯败坏了图像学的名声。看来天马行空不仅仅是史前图像研究存在的问题。在实际的研究中，有些学者只在乎自己提出的解读方案是否“有创意”，是否“有新意”，已经不怎么在乎有效证据链的建立了，这是很危险的。

那么如何避免天马行空式的解读呢？我以为必须拿出切实有效的证据。什么是切实有效的证据呢？以图像的跨时空交流研究为例，我以为，首先要寻找图像在时空位移中的轨迹证据，即不仅要考虑图像从哪里来，也要考虑图像是怎么来的，路径是什么？沿此条路径传播的可能性是否具备？其次，要从微观层面观察，图像之间是否存在内在联系？比如，两地图像之间是否存在相同或相似的图像元素？最后，从宏观历史背景看，交流的可能性是否存在？例如，如果你认为西汉中山靖王刘胜墓环主室形成的马蹄形回廊结构受到了印度佛教支提窟结构影响的话，那么至少要从以下几方面提供证据：1）印度佛教支提窟东传的轨迹；2）从细部列举刘胜墓结构与印度佛教支提窟结构的相同或相似之处；3）佛教入华的宏观历史背景。事实上，从以上三方面都不能提供切实有效的证据，相反，第三点可以提供有效的反证，即目前没有任何证据表明，佛教初传中国能早到刘胜的时代。仅由第三点提供的反证，就足以否定刘胜墓结构受到印度支提窟结构影响的说法，那么这一说法就是“天马行空”。此例的内容虽然不是图像，但在文化交流范畴，物、像同理。

二、要避免过度阐释

按照潘诺夫斯基的图像学理论，图像研究的第三个层次是，解释作品的内在意义或内容，即对图像背后信息的进一步挖掘与解释——这就是真正的图像学研究（除此之外的研究属于图像志的范畴）。内在意义或内容究竟可能是什么？潘诺夫斯基认为，一个国家和时代的经济、政治、社会状况、哲学、宗教等等往往可以通过艺术家的手笔凝聚在艺术家的作品中，而凝聚在艺术品中的具体内容就构成了作品的内在及本质意义，是艺术家真正想表达的思想，也就是作品的“象征意义”。这一理论能够成立的社会逻辑是：任何艺术作品的创作都或多或少的包含着一定的时代烙印。艺术家的艺术创作都是在一定的历史背景之下产生的，而且还可以具体到特定的历史时空，所以社会历史的烙印在作品中是不可避免的。这就意味着，艺术作品与其所生成的社会环境有着千丝万缕的联系。具体的差异在于，一类作品所对应的具体社会历史方面的内容有很大的差异；作为一种单个的艺术品，它可能具有一定的特殊性，因而可能存在个性差异。掌握了这些情况，我们就可以对其背后隐藏的内在意义和内容有一个导向性思考。

近年来，已有学者敏锐地注意到图像资料隐含的思想史和政治史信息（葛兆光《思想史研究视野中的图像——关于图像文献研究的方法》,《中国社会科学》2002 年第 4 期；邓小南《书画材料与宋代政治史研究》,《美术研究》2012 年第 3 期），的确，从历史学和思想史的角度看，图像资料显然不仅仅是美术史的“专材”，上述学者的意识可能意味着我国今后一个时期图像资料研究的新的增长点。

这样看来，阐释图像的所谓“象征意义”成为图像学研究的“王道”，是图像学研究的基本任务。但在实际研究中，有些学者往往存在“过度阐释”的倾向，对图像所谓的“象征意义”求之过深。有的研究看起来好像很有道理，有假设有求证，貌似也有证据链，因此很容易迷惑读者，但是经不起严格的逻辑推敲。这提示我们，在阅读有关图像研究成果时，要注意其证据资料是不是经得起严格的逻辑推敲。“过度阐释”的后果是，往往使本来可以成为正确的结论变成了谬误。因此，在进行图像学研究时，我们还必须明白这样一个事实，即图像作品或其他艺术品固然有人类情感因素的寄托，固然隐含着一定的社会历史信息，但从理论上说，如果试图把所有人类的情感经验都附加在图像上是不可能的，因为图像本身并没有那么高的“附加值”，特定的图像资料所附带的信息是有限的，因而对这些信息的“发掘”也并不是无止境的，当把这些信息

“发掘”到极致之后就应当停止了，如果再继续的话就是过度阐释，就是谬误。有时候，真理与谬误之间就是“进一步”和“退一步”的差别。

三、不能将不同时空中貌似相似的图像随意勾连

我们应该承认，图像在一定的时空中的确存在交流与互动。但是我们在研究这种联系时一定要注意寻找有效证据，如果没有有效证据时不能做判断，否则很危险。如果认为二者确有关系，那就必须提供流传与传播过程的证据。我们需要明白这样一个事实，即在不同时空下独立发展起来的造型艺术从外形看，也可能存在一定的相似性，但实际上二者之间没有任何联系。例如，娜娜女神图像与西王母图像，在构图形式上的确有一些相似性：都是女神，都以兽为坐骑，但不能因此得出二者有关系的结论，因为事实非常清楚，这两位女神完全是在两个不同时空下发展起来的造型艺术，二者从未有过交集。西王母出自中国本土创造，战国时期其信仰开始流行，汉代开始出现其图像；娜娜女神出自西亚两河流域，是古代两河流域南部最古老的神祇之一，其源头可以追溯到公元前3000年的苏美尔—阿卡德时期。可见，西王母与娜娜女神二者可谓风牛马不相及。

四、要注意图像形式与内容的不变与变

在不同的语境中，相同的图像可能内涵相异，因为图像的形式是可以借鉴的，但是借鉴的结果往往可能意味着内涵的差异。例如，佛教密教的神祇及其图像很大程度上吸收借鉴了婆罗门—印度教的神祇及其图像，造成密教万神殿中的神祇及其图像与婆罗门—印度教万神殿中的神祇及其图像有很多是相似的，有的在造型上甚至完全相同。但进入密教万神殿的婆罗门—印度教神祇的身份都发生了变化，比如大自在天为婆罗门—印度教地位最高的三大神之一（坐骑是公牛，多头多臂），被佛教吸收后称摩醯首罗天，地位明显下降，只是一种护法神，相应地，其图像的内涵也发生了根本变化。饶有趣味的是，中亚粟特地区的拜火教也吸收了若干婆罗门—印度教的神祇及其图像，同样包括大自在天，在粟特版拜火教中，大自在天的身份变成了风神维施帕卡，相应地，其图像的内涵再次发生了根本变化。这就是图像形式的不变与内涵的变。这样的实例还有很多，不备举。明白了这一点，有助于我们准确把握相同或高度相似的图像母题在不同语义场中可能存在的性质与功能差异。

五、要正确看待图像的程式化和滞后性问题

图像创作有一定的程式化倾向和图像内容有一定的滞后性是客观存在的，不能否认。需要进一步明确的是为何会出现这种程式化的倾向。程式化与滞后性存在着内在联系，只要存在程式化就必然存在滞后性。程式化与滞后性的产生，归根结底，与艺术品的商品化有关——与之相联系的是作坊式生产、规模化生产。从商业的角度看，作坊式、规模化生产显然更能显现经济效益，同时，创造新样式显然要比复制旧样式成本要高得多。艺术品要求变求新，是比较难的，比较容易的做法就是按部就班、依样画葫芦，根据现有粉本来制作速度更快，因此，艺匠们缺乏创新的动力。因此，作坊生产、规模化生产的后果是一定时期内图像从形式到内容不会有很大的变化，图像的程式化倾向因此产生，进而产生滞后性问题。事实上，画像石、画像砖、佛教造像甚至墓葬壁画等，都在一定程度上存在程式化和滞后性这样的问题。

尽管如此，我认为也不能绝对化地看待图像的程式化和滞后性问题。比如，如果我们绝对化地理解程式化问题的话，就无法解释佛教艺术在中国发生的一系列风格变化，更无法理解中国佛教艺术在不同历史时期所具有的鲜明的时代特征，一言以蔽之，在我看来，不存在绝对一成不变的“程式”。“变”是绝对的，“不变”是相对的。关于滞

后性问题，也不能一概而论，需要对具体对象做具体分析，有的图像内容反映的时代气息其实是很浓的，丝毫看不出“滞后性”，安伽墓石葬具浮雕图像中表现墓主人生前与突厥人交往的图景就是最好的例证，因为这些图像内容可以与墓志文字相互呼应。荣新江先生对粟特石葬具图像的研究正好说明这些图像资料具有时效性，是“与时俱进”的（荣新江《粟特与突厥——粟特石棺图像的新印证》，载周伟洲编《西北民族论丛》第4辑，中国社会科学出版社，2006年），不能简单贴上“程式化”和“滞后性”的标签，否则势必忽视这些图像资料潜在的史料价值。

六、要重视图像自身的创作传统与脉络

某些图像母题在一定时期之内，有其自身的创作习惯、传统、演进脉络，因此，在做具体分析时要注意这个传统，否则解释会出现偏颇。

兹以《历代帝王图》的研究为例。《历代帝王图》又名《列帝图》、《十三帝图》、《古列帝图卷》、《古帝王图》，传为唐阎立本所作，现仅存摹本，摹本现藏美国波士顿博物馆。画面从右至左画有十三位帝王形象：西汉昭帝刘弗陵、东汉光武帝刘秀、魏文帝曹丕、吴主孙权、蜀主刘备、晋武帝司马炎、陈宣帝陈顼、陈文帝陈蒨、陈废帝陈伯宗、陈后主陈叔宝、北周武帝宇文邕、隋文帝杨坚、隋炀帝杨

广。各帝王图前均有榜题，且均有随侍，人数不等，形成全画卷相对独立的十三组人物，共计四十六人。

一个值得注意的现象是，这十三位帝王的着装并不一致，有的着帝王的“正装”，即着衮服戴冕旒，有的却着“便装”，即普通士人装扮，着便服戴白纱帽。对此，有学者认为这是画家有意为之，寓示褒贬：身着便服者暗示他们非正统君主，身着衮冕者则暗示他们在法统上具有优势，属于正统君主，这可能与以唐太宗为代表的唐初君臣对南北朝正统所在的历史认识相关——着衮冕者为正统，着便服者为非正统（陈葆真《图画如历史：传阎立本〈十三帝王图〉研究》，颜娟英主编《美术与考古（上）》，大百科全书出版社，2005 年）。这一观点似乎可以归纳为“政治隐喻说”。但这一观点与作品的实际呈现存在一定的矛盾，如正统性无可置疑的汉昭帝未穿冕服，而不具正统的蜀、吴二主却着冕服。

孙正军认为，从图像自身的语言看，“冕服即正统”、“便服即非正统”的对应关系恐难以成立。他检讨了汉代以来帝王图像创作的传统和习惯，认为汉代以来对于帝王类的肖像的创作，并不完全恪守帝王本身的着装传统。具体而言，绘制上古帝王时多用冕，绘制秦始皇及春秋战国诸王时则多用通天冠。及至魏晋南北朝，东晋南朝和北朝实际都存在两种绘制皇帝形象的模式。其中，自汉代而来的着通天冠皇帝像传统在南北双方均有继承，且各自又发展出新的皇帝像绘制模式（孙正军《重视图像自身的脉络：以〈历代帝王图〉皇帝异服为线索》，《唐研究》第二十四卷，北京大学出版社，2019 年）。这一观点似乎可以归纳为“自身传统说”。这样看来，“政治隐喻说”似乎不能成立。

孙正军的研究提示我们，在致力发掘图像的“象征意义”时，也要千万注意图像自身的创作传统与脉络。

宗教图像母题相互借鉴的层次与“加上”、“置换”和“通盘模仿”原则

——硕士课程《艺术史与艺术考古》专题讲座之二

宗教图像母题之间的相互影响和相互借鉴是比较常见的现象，它源自一种宗教对另一种宗教的神祇或其他元素的吸收，但在宗教图像的研究实践中，部分学者还存在一定的认识误区，主要表现在不能准确把握吸收新因素之后的图像的宗教属性。而对研究者而言，必须尽可能对影响或借鉴的性质作出准确的研判，否则会影响对整个图像内涵和性质的判断——这是我们思考宗教图像母题借鉴问题的主要意义所在。同时，探讨这一问题对图像研究而言，还可能有一定的方法论意义，至少可以提醒图像研究者注意，在对图像资料进行跨时空勾连时，一定要提供有效证据。

一、宗教图像母题之间相互借鉴的层次

宗教图像母题之间的吸收和借鉴，我曾归纳为两个层次，现在看来可以进一步完善为三个层次：

第一层次，是相对低层次的。是指一种宗教的某些图像元素局部地被另一种宗教造型艺术所吸收，造成二者局部特征的相似，但是，整体上看，并未改变吸收者的宗教性质。虞弘墓、安伽墓火坛图像中出现的莲花、飞天等佛教元素即属此种情况，莲花只起到装饰作用，飞天只起置换的作用，火坛的宗教属性并未因此而改变；景教艺术对莲花、飞天等佛教元素的吸收也属此种情况，“十字+莲花”构图模式的形成以及飞天的介入并未改变十字架的宗教属性，因为这里的莲花、飞天同样只起装饰、置换作用。

中国本土袄教火坛构图中飞天出现于火坛上方，且呈飞翔状，表明它们是在空中；其次，安伽墓中的飞天各持乐器，表明它们的身份似乎是歌舞伎乐类天人。它们在此场景中所扮演的真正角色或许可以从中亚出土的袄教纳骨瓮上的图像中得到一些启示。

一件出自撒马尔罕莫拉—库尔干的纳骨瓮保存基本完整，虽然其火坛造型与中土火坛有异，但值得注意的是，在纳骨瓮的锥形顶部正对火坛上方的位置，有两个女性舞者，手中持物，相对起舞，因而其主要构图元素与构图形

式与中土火坛基本一致。葛乐耐认为，因该纳骨瓮的顶部还有日月和繁星等象征图案，因此该瓮的顶部表现了天界，在此舞女暗示了天国的欢乐。相应地，在巴列维语文献《扎德丝帕拉姆》（Zadsparam）中曾描述拜火教天国是“提供奴婢和欢乐的地方”（葛乐耐《粟特早期纳骨瓮上的拜火教主题》，中译文收入氏著《驶向撒马尔罕的金色旅程》，漓江出版社，2017年，155页）。另一件出土于吉尔吉斯斯坦境内的纳威卡特（Nawekat）遗址的纳骨瓮顶部已不存，但下部构图同上件，因此葛乐耐推测其顶部也有舞女形象（葛乐耐，同上）。如此看来，中土火坛的“火坛 + 祭司 + 飞天”的构图形式应是脱胎于中亚粟特地区纳骨瓮上的“火坛 + 祭司 + 舞者”的构图形式，中国本土用飞天置换了中亚纳骨瓮上的舞者，因此，这里的飞天已不再是佛教意义上的飞天，而是代替中亚纳骨瓮上的舞者，扮演着拜火教天国舞者的角色。

有学者认为，出现在我国北朝至隋时期的粟特裔墓葬或与粟特关系极为密切的人群的墓葬中的这类“火坛 + 祭司”的特殊组合图像，由于佛教因素的介入，是否具有祆教属性值得怀疑；甚至更直接地认为，它仅具象征意义，不具实际意义，只能视为象征符号，反映的是一个族群的历史记忆。但我国境内发现的这类人首鸟身祭司与圣火坛组合浮雕的祆教属性已得到中外学者的广泛肯定，这样看来，安伽、虞弘墓等墓出现的火坛仍具有宗教内涵和实际意义，那么，火坛形制的改变以及火坛构图中佛教因素的介入并未改变火坛原有的宗教属性。既然中土火坛的“火坛＋祭司＋飞天”的构图形式是脱胎于中亚“火坛＋祭司＋舞者”的构图形式，那么中国本土的做法相当于用飞天置换了中亚纳骨瓮上的舞者，因此，这里的飞天已不再是佛教意义上的飞天，而是代替中亚纳骨瓮上的舞者，扮演着拜火教天国舞者的角色，被重新赋予了祆教内涵。至于莲花，只是受佛教艺术的影响，添加到火坛上的佛教元素，仅起装饰作用，既未将佛教中的莲花意涵带入祆教语境中，也未重新赋予它新的意涵，更未改变火坛的性质。

景教艺术对佛教的莲花、飞天等因素的吸收情况唐元二代比较多见。在“十字＋莲花”构图模式中，十字架始终位于莲花之上，莲花实际上起着承托和衬托作用，那么莲花实际上就相当于十字架的“座”，这采用的是一种添加的手法；“十字架两侧对称配置二飞天”的构图模式应脱胎于早期基督教艺术中的“十字架两侧对称配置二天使”构图模式，是将这一构图模式中的天使替换为飞天的结果，这采用的显然是一种置换的手法。但形态的替换并不意味着功能也随之替换，这里的飞天虽然是天使的替代品，但在景教信徒眼中，它们仍然是天使，是“飞天化”的天使，仍然履行着天使的职能，是用佛教的飞天表达基督教天使的宗教内涵。

第二层次，较第一层次要高。是指将一种宗教的某种神祇形象完全移植到另一宗教中，并赋予其新的名称和含义，这可视为是将异教的神祇直接并入本教图像志的做法。佛教、琐罗亚斯德教对婆罗门—印度教系统的神祇的吸收就属于这种情况。

被佛教吸收的印度教神祇进入佛教万神殿后，身份地位发生了变化。正如巴塔恰里耶（B. Bhattacharyya）指出的那样，许多印度教神祇进入佛教的万神殿后，仅充当伴护神的角色，或成为重要的佛教神祇的骑乘，甚至还成为侮辱性的角色——被佛教的愤怒尊踩在脚下（B. Bhattacharyya, *The Indian Buddhist Iconography*, Calcutta: Firma K. L. Mukhopadhyay, 1958, p.344）。事实上，印度教神祇进入佛教万神殿后地位普遍有所降低，即便是印度教的最高神也是如此。如作为印度教三大主神之一的大自在天被纳入佛教的万神殿后地位明显下降，因为他的成佛因缘还未成熟，所以仅扮演着护持佛法的角色。可见印度教神祇被佛教吸收后神格普遍被降低，一部分成为佛教的护法神，一部分甚至沦为劣等神，其身份地位都相应地发生了变化，自然，角色功能也发生了变化。

事实上，粟特袄教对印度教神祇及其图像母题有广泛吸收，表明粟特地区对印度教艺术有着深度的借用。但正如葛乐耐指出的那样，无论如何，粟特人不是照搬印度教神像，而是将印度神的面貌注入相对应的拜火教神祇之中，以符合粟特人自己的拜火教信仰（葛乐耐《粟特拜火教神庙里的印度神祇》，中译文载氏著《驶向撒马尔罕的金色旅程》，131 页）。也就是说，粟特人只是借用了印度教神祇的图像志资源，来完善和丰富自己的拜火教万神殿中诸神祇的图像系统，因此，这些印度教神祇进入粟特祆教万神殿以后，身份角色都发生了根本变化——从印度教神祇转化为粟特祆教神祇，风神或“摩醯首罗式祆神”即是其显例。因此，粟特祆教事实上只是借用了印度教的图像符号。

第三层次，较第二层次又要高一些，因而是宗教图像母题之间吸收借鉴的最高层次。是指一种宗教（包括民间信仰）本无自己的偶像系统，或虽有偶像系统但因故捐弃，直接借用其他宗教的图像志资源创建或重建自己的图像系统及图像志，早期道教造像对佛教造像的全方位模仿、敦煌藏经洞所出景教绢画中高度“佛化”的耶稣形象、泉州草庵雕刻的造型迥异于中亚摩尼教艺术的摩尼光佛，以及灌口祆神向灌口二郎神的转化等，均属此种情况，在这一过程中，图像往往稍作改变。

道教造像经历了一个从无到有的过程，其基本动因是为了因应如火如荼的佛教造像运动，这一动因迫使道教从非偶像崇拜型宗教逐渐转向偶像崇拜型宗教。由于道教此前没有任何造像基础，这一过程均是以佛教造像为参照系的：取法佛的形象创造了天尊像；取法佛弟子的形象创造了真人像；取法菩萨的形象创造了部分女性神仙像；取法佛教的善财、龙女形象创造了金童、玉女像；取法佛教的天王、力士形象创造了金刚神王、天丁力士像；取法佛教造像的布局安排创造道教造像布局与组合。当然，由于道教神仙系统比较庞杂，并不是所有的神仙图像都取法佛教造像，部分神仙图式来自戴冕旒的世俗帝王形象或世俗官员形象，甚至一般的世俗人物形象。但毫无疑问，在道教造像系统的初创期，道教是直接借用佛教的图像志资源创建自己的图像系统的，期间只是对佛教造型稍作局部修改。随着佛、菩萨、弟子等进入道教造像系统，它们的身份完成了“神仙化”的转变。

敦煌藏经洞出景教绢画是景教圣像对佛教造像全方位的模仿，具体元素来自佛与菩萨造型的综合，画中人物兼具佛与菩萨的造型特点，那么画中人物可视为“佛化”了的耶稣基督，已远离传统基督教美术。但这仅限于外部造型方面，圣像的基本性质并未改变。从模仿的具体做法看，既有添加，也有置换，前者如头冠、佩饰、颈部三道蚕纹等原本耶稣基督造型中没有的元素，后者如着装，即用佛装替换了耶稣基督的原有着装。当然，随着置换的完成，耶稣基督身上的“佛装”已不再是袈裟。总体上可以认为，这幅绘画综合佛与菩萨的造型重塑了耶稣形象。

泉州晋江草庵元代摩尼光佛雕像是对佛教造像和道教造像的综合模仿，其间或稍作改变，这是根据佛的造型和天尊的造型重新建构的摩尼像，与中亚的摩尼教艺术已无任何关系。这种做法相当于是直接借用其他宗教的图像志资源创建自己的图像系统，因此，经历了一个从无到有的过程。在这一过程中，通过对来自其他宗教的图像元素的重新整合，最终创建出自己的宗教偶像。相应地，这些来自其他宗教的图像元素的宗教意涵也发生了改变。如草庵摩尼像身后光芒四射的光线可视为摩尼教所崇拜的光明的象征（林悟殊《泉州草庵摩尼像与吐鲁番摩尼画像的比较》,《考古与文物》2003 年第 2 期，78 页），是则这些来自佛教的元素已经发生了意义的转换。

二郎神信仰传入灌口之后，具有灌口地方特色的二郎神形象开始形成。具体做法是，直接借用当地业已存在的祆教图像志资源建立自己的图像系统，即人们在塑造灌口二郎神的形象时直接吸收了灌口祆神的造型特征。在这一吸收转化过程中，图像容或有局部改变，但无疑保留了祆神维施帕卡的基本特征。不过显然，这种做法仅仅是对图像外在形式的借用，图像的内涵在这一吸收转化过程中已发生根本变化，因为二郎神与祆神之间就信仰内涵而言没有任何交集。随着借用的完成，灌口二郎神庙中供奉的身披祆神“外衣”的主神的身份和神格已转化为二郎神。这相当于是在借用其他宗教的图像志资源创建自己的图像系统，从而实现自己的图像系统从无到有的转变。

二、宗教图像母题之间相互借鉴的“加上”、“置换”和“通盘模仿”原则

宗教图像之间吸收借鉴的具体做法，我初步归纳为“加上”和“置换”两种做法，也可视为两种原则。

“加上”，顾名思义，是指一种宗教图像母题系统中原本没有而通过对其他宗教图像母题吸收而添加部分，如佛教、琐罗亚斯德教对婆罗门—印度教系统的神祇的直接吸收，十字架下的莲花座、德化瓷圣母座前的莲茎莲蕾以及敦煌景教绢画中耶稣基督的头冠、佩饰等，皆可视为“加上”物。

张广达先生认为，日本学者富永仲基在他的《出定后语》一书中提出的“加上”原则，同样适用于三夷教文本与图像的研究。富永仲基是 18 世纪日本著名的排佛学者，以批判佛教经典著称。《出定后语》的主要观点是，认为佛教圣典并非释尊直说，乃是随着时代的推移渐次添加而成，因而提出所谓“加上”原则，进而认为，佛教界所秉持的“诸教皆释迦之直说”为至愚之事。现在看来，富永仲基提出的这一“加上”原则也存在于宗教图像母题之间的相互吸收借鉴中。

“置换”，顾名思义，就是“替换”，是指用另一种宗教图像中的某种母题替换该宗教图像业已存在的某种母题，如用佛教的“飞天”置换祆教的舞者、用佛教“飞天”置

换基督教的“天使”、用饕餮置换圣母脚下的天使、用送子观音手中的男童置换圣母手中的圣子等。

除了“加上”、“置换”外，还存在一种做法，我将其概括为“通盘模仿”。所谓“通盘模仿”就是指直接借用其他宗教的图像志资源创建或重建自己的图像系统及图像志的做法，从而实现某种宗教图像系统的始创或某种宗教中某种图像志的彻底更新，如道教对佛教造像的模仿、晋江草庵的摩尼光佛等。

上述认识提示我们，当一种宗教吸收了另一种宗教的若干图像元素时，不能简单地认为这些新的图像元素会影响这种宗教图像的性质或内涵，这些新元素是否会对这种宗教图像的性质产生实质性影响，需要把它们纳入这种宗教图像的“上下文”中进行具体分析，有时还要考虑图像所处的整体环境。从多种宗教提取的图像吸收借鉴的实例来看，情况恰好相反，即绝大多数情况下，是被吸收者原有的性质发生了改变，而不是吸收者因吸收了新元素，导致自身性质发生了改变。

第四辑　问与答

关于文物学及目前文物学与博物馆学的热点问题

——答陈曦同学

陈曦同学：

你好！虽然这次考试你觉得专业成绩不是很理想，但还是希望你不要背思想包袱，毕竟成绩还没出来。题目虽然有难度，但对大家都是一样的。现在想来，我当时给你开的书单也遗漏了一两种，比如《文物学》和《文物学概论》，这是我的疏忽。不过有关博物馆学方面的著作也会涉及馆藏文物的定名、分类、鉴定、价值、保护、管理、研究等，这些内容与文物学的基本内容相似，看来你对所学知识的融会贯通还有待提高。

文物学是一门以研究、整理和保护文物为目的的学科，对象包括古器物、古书画、古文献、古代雕刻以及古代文化史迹等。具体到这道开放题，你可以选其中的一类，对该领域的研究进行评述。比如可以选古代书画的研究进行简要评述，这主要涉及对古代书画研究史的简要回顾，同时如果能指出未来研究发展的趋势就更好了。我觉得，将考古出土的古代书法绘画材料与传世书法绘画作品以及画史书史文献结合起来研究应是未来古代书画研究的新的增长点之一，另外，通过书画作品进行文化史的研究，而不单纯关心书画的技法、风格的演变等，也应是未来古代书画研究的趋势之一。平心而论，这道题对你们是难了点儿，不过大家都一样。

总之，你先不要气馁，静待考试结果，目前还不能说完全没希望了。退一万步说，今年若没成功，可以明年再考，因为你还年轻，有的是机会。当年我考北大的研究生，也是考了两次，但当时的备考条件，跟今天完全没法比。所以每个人都会经历挫折和失败，但只要不轻言放弃，就一定会成功的。所以这段时间你应该好好放松一下心情才对。

关于目前文物学和博物馆学的热点问题，我掌握得不够全面，以下提示仅供你参考：

目前文物学的热点问题之一是文物拍卖市场欠规范的问题，特别是一些拍卖企业滥用《拍卖法》第六十一条的例外免责条款进行商业欺诈的行为，所以目前的文物拍卖市场亟待规范，《拍卖法》可能也需要进一步完善，因此，这既是一个学术问题，也是一个管理问题，需要以学术研究促进管理的完善；另外，由城市改造和城市扩张而引发的市政建设和文物保护之间的矛盾日趋紧张问题也是文物学的热点问题之一，这里涉及的主要是城市中的不可移动文物的保护与利用，以及这些文物的文化价值的再认识问题。

社会发展状况和发展需求决定博物馆的发展趋向，所以如何在目前社会转型的新形势下更好地满足社会需求、最大限度地发挥博物馆的社会功能，应是目前博物馆学的热点问题之一。此外，如何紧跟科技发展的步伐，特别是如何运用三维影像技术、互联网技术、数码技术以及新的声光电技术等，来更好地展陈文物、增强观众的体验感以及观众的参与感，也应是目前博物馆学的热点问题之一。

祝你新年快乐！

姚崇新

2013 年 1 月 7 日

清代人头税的免除究竟意味着什么？

——答王若晨同学

王若晨同学：

你好！在我看来，我国古代的赋税征收，无论以家庭为单位征收，即以一妇一夫（即一床）或以户为单位征收，还是以个人名义征收，本质上讲，都没有弱化人头税的意思，只是征收方式不同。而且这种征收方式将地税也打包进来了，所以从这个意义上讲，通过户籍来征收赋税的方式在强化而不是减弱，这意味着人头税也不会弱化。摊丁入亩标志着人头税的正式废除，而且延续了两千多年的地税近年也已正式废除。这两种税之所以能废除，主要有两个原因：一是社会经济的发展。清代之所以能废除人头税，归根结底是农业经济有较大发展，通过地税征收的收入足以满足封建国家的需要；二是社会经济方式的多元化，特别是商品经济的发展。随着商品经济的发展，国家的赋税收入可以不再依靠土地，而主要依靠商业税的征收就可以了，这样政府就可以让利于农民，免收地税。当然，保护农业也符合我国的基本国策，毕竟这涉及13亿人口的吃饭问题。由此可见，以农业经济为主的封建时代是不可能废除地税的。

的确，人头税的免除，使百姓对封建政府的人身依附关系大大减轻，也就意味着越来越多的人离开土地进入其他行业，当时主要是工商业。清代手工业很繁荣，无论生产规模、雇工数量、分工细密程度，还是技术水平、产品质量方面，都达到了中国封建社会的最高水平，并出现了资本主义的萌芽。但是，如你所说，工商业的发展与清政府的“重农抑商”政策有冲突，因此对工商业实行“抑制”政策。对于那些有大利可图或有关国计军需的手工行业，政府插手干预，指定官商，实行垄断；对于其他手工业，虽然允许百姓经营，但盘剥很重，比如高额征税、低价收购、无偿摊派等。但清政府不愿触动封建经济的根基，以免危及自身的统治，因此对工商业的态度总体上是消极的，这严重影响了工商业的进一步发展。但工商业已成时代潮流，因此虽然遭到遏制，却不能完全被扼杀。摊丁入亩与反封建因素的产生似乎不能直接画等号，但有一点可以肯定，鸦片战争以后逐渐出现的一批从事实业的民族资本家是最早觉悟的群体之一（另一群体当然是知识分子和知识型官僚了），他们对旧体制有切肤之痛，因此，孙中山祭出推翻帝制的旗号后，得到了许多民族资本家的支持。

究其原因，主要还在于这些人的前身大多是早期的工商业者，他们对旧体制的弊端有更深刻的认识。

以上意见仅供你参考。另外，明天我要出国考察一段时间，可能不方便回复你的邮件，若有问题，等下学期开学后可直接来我办公室交流。

姚崇新

2014 年 6 月 20 日

关于贵州梵净山佛教信仰研究
——答孙健同学

孙健同学：

你好！最近抽空拜读了你的文章和书评。书评写得还不错，表明你具有一定的归纳能力和问题意识。至于文章，虽然可以看出你下了功夫，但仍然觉得不够成熟、不够严谨。以下是我感觉到的一些问题，提出来供你参考：

1. 题目中包含的概念太多，不能很好地突出主题。题目中既有“佛教世俗化”概念，又有“密宗”、“禅宗”、“空间争夺”等概念，你很难将二者有机统一起来，因此，这样的题目使读者不明白文章是要通过密宗、禅宗的传播讨论佛教世俗化问题呢，还是要讨论密宗、禅宗之间的空间争夺呢？而对于一篇文章而言，只能讨论其中一个问题。其实，你文章的切入点是佛教地理，因此，应该从“空间”的角度提出问题。

2. 写文章一定要紧扣主题，切忌枝蔓。文章的重点之一应是梳理四川地区唐宋时期密宗、禅宗的发展脉络，不必大篇幅地追溯密宗、禅宗在中国发展的背景资料，这些信息你只能转抄前人的东西，没有自己的发明，所以写再多也没用，反而使文章显得枝蔓。当然，巴蜀地区以外的与四川地区有直接关系的材料则另当别论。相反，梳理四川地区唐宋时期密宗、禅宗的地域分布变化应是文章的重点，可是文章在这方面并没有太多分析。这样文章既显得枝蔓，又显得头重脚轻。

3. 文章始终没有举出密宗、禅宗“空间争夺”的直接证据材料，使人怀疑这两宗的“空间争夺”是否是事实，怀疑这是出自作者的臆想。因此，能否举出证据材料，对这篇文章至关重要。

4. 文章认为四川唐宋时期密宗、禅宗的“空间争夺”在宋以后出现南拓趋势，从而最终形成了贵州梵净山明清时期的佛教信仰形态，但问题是，文章同样没有举出此二区域佛教关系的直接证据资料，因此，要使这一观点成立，必须完善证据。

5. 文章所使用的文献应以唐宋时期形成的佛教文献（包括僧传、灯录、高僧杂撰等）、地方佛教石刻史料（如《巴蜀佛教碑文集成》中所收碑铭资料）为主，兼及唐人、宋人文集（唐宋时期很多文人士大夫与高僧交游，留下的文字中有不少涉及寺院修建、造像，以及与高僧唱和的文字。苏轼文集中就有不少这样的文字），而类似《巴蜀禅灯录》

这样的现代人编撰的资料则要慎用。如果这类文献中的某些资料注明了出处，也可以用，但直接使用原始文献即可。

6. 安岳、大足虽然都存在柳本尊十炼图，但与柳本尊所传密教的地域并无直接关系，因为这两地密教遗迹都晚至南宋了，与赵智凤有关，因此，这两地的密教遗迹反映了晚唐至两宋四川密教自成都平原向川东南地区转移的轨迹。

7. 注释（包括古籍、今人著作、论文）欠规范，特别是古籍。这方面的知识，建议你参看一本书，即北大荣新江教授的《学术训练与学术规范》。学术规范不仅仅是论文写作的技术性问题，也折射出学者的学术态度和学术谨严性，所以必须重视。

最后再提醒一点，论文题目不宜过大，特别是初学者尤其应该注意。你即将写的这篇《占察忏愿》，从涉及的具体内容看，题目过大，以你目前的学力，很难写好。另外，我带学生强调积累，首先要消除他们的浮躁，因此不主张他们多而快地写文章，因为在我看来，文章的质量远比数量重要，而质量是要靠积累的。因此，我建议你暂时不要考虑再写东西，先扎扎实实读书。

以上是我暂时想到的，但愿对你有些帮助。

祝你寒假愉快！

姚崇新

2015 年 1 月 2 日

关于学术阅读

——答赵静同学

赵静同学：

你好！希望你的亲人早日康复。现在离正式开学还有一段时间，所以我想如果你有一些闲暇时间的话，就认真地看些书吧。按照我以往指导学生的习惯，看书要做读书笔记，这样才能收到读书的最佳效果，我把这种读书方法称之为学术阅读。读书笔记不是简单地摘抄书中的内容，我要求的读书笔记主要包括两方面的内容：一是对所阅读的文献的相关问题的归纳与总结，包括作者的主要观点、研究方法、主要证据资料以及论证的内在逻辑等，这些问题一定要用自己的语言来归纳，不能简单地摘抄；二是对所阅读的文献的反思，包括对作者的主要观点、研究方法、所用主要证据资料以及论证逻辑等都可以进行反思，从而提出自己的意见和看法。比如，作者的观点能站得住脚或自圆其说吗？研究方法科学合理吗？主要证据资料可靠吗？以及论证过程在逻辑上是否存在漏洞等，都可以进行反思。这样的阅读才是真正的学术阅读，才能收到最好的功效。因此，学术阅读不仅仅只是获得一些知识，也是思考的过程，也就是说，学术阅读必须伴随思考，没有思考的阅读不是学术阅读。因此，高标准的学术阅读是训练学术思维、问题意识的最好方法。那么，这样的阅读当然就不能求快求数量了，当然，所阅读的著作也必须有一定的质量保证。

这些方法并不是我的独创，而是学界的共识。看看下面一段话，就知道我的看法与其他学者高度相似。关于做读书笔记的方法，著名学者黄宗智有这样的归纳，他说，“学术著作都应带有一个中心论点，而阅读那样的著作，首先是要掌握其中心论点，用自己的话（一段，甚或是一句话）表达出来。然后，用三、四段总结其主要的次级论点，同时总结其经验证据。总结的时候，关键在于不要摘抄，要用自己的话，因为那样才会消化，使它变成自己的东西。一个可行的阅读次序是先看首尾，掌握其中心论点之后才逐章阅读，每章看完之后用自己的话总结。最后要回答这样一个问题：作者把你说服了没有，为什么？（甚或更进一步：如果由你来写这本书，你会做怎样的修改？）至于比较纯理论性的著作，我们要问：它对了解中国的实际或你自己的研究课题有什么用？这样的看书写笔记方法乃是一种思维上的锻炼，也是养成自己的思考、写作习惯的办法。关键在养成看后就写系统笔记的习惯，不可依赖自己的记忆，因为几个月（最多一两年）之后肯定会变得模糊不清”（黄宗智《如何阅读学术著作和做读书笔记》，http://www.aisixiang.com/thinktank/huangzongzhi.html（爱思想网）“黄宗智专栏”，2010 年 11 月）。这段话中，黄先生解释了为什么要用自己的话归纳，不能直接摘抄，同时也强调了学术阅读是学术思维训练，看来这两点已是学术阅读的黄金律了，希望能引起你足够的重视。

另外，姚大力先生的看法可以与黄宗智先生的主张相互补充，因而也值得你重视，他说：“‘不动笔墨不翻书’，讲的直白一点，就是读书一定要勤于做笔记。我们最初学习做笔记的时候，往往首先注意到文本中那些吸引人的片言只语，或者也可以把它们叫作‘闪光的语言’……但是我们的笔记可千万不要停留在这样的水平上。坚持读书时做笔记，不完全是为了在今后把它当储存知识的备忘录来使用，而更应该在读书当时就用它来最大限度地促进我们对文本的理解力和领悟力。它不是积蓄已有知识的钱包，而是通过读书获得知识的催化剂。因为借助笔记，最容易促使我们在阅读的同时，就不断清理和消化已经获得的种种初步印象以及阅读者对此的感受，并及时把他们转化成更带确定性的判断或认识，从而使得接下去的阅读也变得有效。寻章摘句的笔记无法满足这样的需要。”（姚大力《读史的智慧 · 漫谈读书》，复旦大学出版社，2010 年）

鉴于这样的阅读不能求快求量，我暂不打算给你推荐很多书，就推荐三种，希望你能精读，并做读书笔记，开学后我要检查你的读书笔记。这三种书是：巫鸿《武梁祠》；巫鸿《礼仪中的美术》；沃尔夫林《艺术风格学》。

姚崇新

2015 年 6 月 2 日

关于一件宋代的纳骨器

——答许英同学

许英同学：

你好！最近临近学生的毕业季，诸事辐辏，没能及时回复你。首先祝贺你正式入职，这是你人生的第一份工作，且珍且惜。你咨询的这件文物的断年没有问题，应属宋代文物，但不是孤例，类似的器皿在其他地区也时有发现。我没有对这类文物做过专门研究，只能给你提供一些基本思路，供你参考：

首先，这类文物均出土于宋代墓葬，反映了宋代葬俗的新变化，因此，一方面要了解此类文物的出土环境，即对出土此类文物的宋代墓葬要有一个整体了解，另一方面，要研读宋代葬俗研究方面的论著。

其次，这种葬俗是佛教葬俗影响的结果，这是毫无疑问的。按照佛教的传统，僧人特别是高僧死后，先将尸体火化，再将骨灰装入骨灰罐，起塔供养，骨灰罐的形制也往往呈塔状。佛教这一葬俗的形成又与佛教更古老的舍利信仰与舍利崇拜有关。因此，你的研究还要回答这样一个问题，即佛教葬俗是如何影响宋代世俗社会的葬俗的？这涉及宋代以后佛教发展的一些新特点，特别是佛教与世俗社会之间的关系的新动向。因此，你的研究还要了解宋代佛教发展史，特别是宋代佛教社会史方面的研究成果，如黄启江有关宋代居士佛教的研究、竺沙雅章的宋代佛教社会史研究等。

再次，对铭文本身的解读也很重要（不是所有此类器物都有铭文的，因而很珍贵），因为其中隐含着宋人的生死观，正好可以与上述研究获得的认知相呼应。我初读铭文，觉得受佛教观念影响很深，这正可以与上述研究相互印证。

至于腹部贴塑的24个兽首人身像，对它们身份的识读当然也很重要，但我一时提供不了更有参考价值的信息。提示你关注宋墓中是否有兽首人身的俑或壁画、雕刻等图像资料，若有，先看看别人是如何识读的。当然，同类器物上如果也有发现，应首先予以关注，看看别人是如何识读的。

从以上提示你也可以看出，把一件文物的研究做到位也是很不容易的，不但对文物本身要下功夫，更多的功夫可能在文物之外，因此，不能急于求成。

祝你一切顺利！

姚崇新

2017年6月17日

关于考古类型学

——答陈代诗同学

陈代诗同学：

你好！从你的考古实习简报来看，你对考古类型学的原理的理解还不太到位，现就你提出的问题答复如下：

1. 考古类型学所说的“型”既可以理解为横向概念（即同时期的器物可以有不同的型），也可以理解为纵向概念（旧的类型延续一段时间之后可能彻底消失了，而继之又出现了新的类型）。“型”体现的是器物的共时性关系；而“式”是一个纵向概念，因此不同的式一定存在早晚关系。“式”体现的是器物的历时性关系。

2. “式”隶属于“型”，脱离了型，式就无所依托，因此，决不能在没有进行类型划分的情况下直接划分式。你在考古实习简报中直接划分式的做法是错误的。

3. 无论型的划分还是式的划分都要以地层信息为依托。就型而言，之所以能判断出同时期的器物可能有不同的型，是因为它们共存于同一地层或相近地层中，之所以能判断出旧类型延续一段时间之后可能彻底消失了，而继之又出现了新类型，是因为旧类型存在于较早地层中，而新类型存在与较晚地层中；就式而言，之所以能将某型器物分出不同的式，主要是因为该器物在不同层位中可能有所变化，“不同层位”就意味着早晚关系。

4. 就我们的发掘区的情况而言，抛开晚期的扰动地层不论，早期的地层堆积过于单一，因此，也就失去了对器物进行式的划分的基础，这也是我不建议对本发掘区器物进行式的划分的原因。因此，本发掘区的器物目前只宜作型的初步划分。

5. 一般而言，对某一发掘区域的器物进行型式划分时，应以该区域的地层为依托，而不能因为器型与另一遗址的相似，就直接按照另一遗址的型式划分方法对本遗址的器物进行型式划分。当然，在进行有关问题的分析时，你完全可以指出本遗址某器型与另一遗址出土的某型某式器物相似，借以观察两遗址文化内涵的相似性和年代的相近性，这完全是可以的，也是必要的。但这已属于问题讨论，而不属于型式划分本身了。

6. 这种基于器物外形差异和变化和层位学建立起来的类型学逻辑，毫无疑问，最常规的运用对象当然是遗物了。不过，也可以用来研究有一定“形状”的遗存，比如，我们可以对墓葬形制进行类型学分析，也可以对石窟寺的窟龛形制进行类型学分析。不过对墓葬形制或窟龛形制进行类型学分析时，层位学有时帮不上忙，判定墓葬或窟龛早晚关系的“年代信息”有时需要从其他途径获得，比如打破关系，或葬式葬俗随葬品反映的时代特征，或窟龛内造像的题材和造像风格所反映的时代特征，又或者少数历史时期墓葬中的有助于判断墓葬年代的文字以及少数窟龛中的有助于判断窟龛年代的文字等。

另外，建议你认真阅读一下俞伟超先生的《考古学是什么》一书。

不知以上回复对你解惑是否有些帮助？下学期我还有你们班的课，因此，还有进一步交流的机会。

祝你寒假愉快！

姚崇新

2018 年 2 月 1 日

对阅读《中国石窟寺研究》读书笔记的回复

——答邓悦君同学

邓悦君同学：

你好！你阅读宿白先生的《中国石窟寺研究》所做的读书笔记我已阅毕。能感觉到你读得很仔细，对有些问题还有自己的进一步的思考，对宿先生的研究方法也有一定的归纳。在进一步思考方面，有些地方值得表扬。你意识到“凉州模式”的资料需要补充完善，说明你的眼光比较敏锐。的确，宿先生在撰写这篇文章之前，由于条件所限，并未亲自考察过河西石窟，仅通过其他人的介绍文字，因而掌握的信息不够全面，而今天有关河西石窟资料的出版已很丰富了，因此，从这个意义上说，“凉州模式”的内涵还可以补充完善。你参考其他相关研究成果对索靖题壁事的追索与思考也是值得肯定的，的确，此事在我看来并非《莫高窟记》作者的向壁虚构，有更早的线索可查。当然这并不是说，索靖题壁事一定能坐实，只是说，此事有更早的文本流传。这相当于是对宿先生某些判断的质疑。你对索靖题壁后的“镌造不绝”的理解也挺有意思。你对佛教初传敦煌年代的思考能结合悬泉东汉浮屠简说明你对新材料比较敏感。你注意到宿先生十分注意探究石窟开凿与世俗社会政治变迁之间的关系，这很好。这涉及宗教研究的方法问题，宗教研究必须与社会历史相结合，这是宗教与世俗社会的关系决定的。

不过，总体来看，质疑和反思的地方还是少了点儿。比如，在对莫高窟现存最早洞窟的年代判定上，宿先生认为是不能早于云冈一期的，如果这一观点能够成立，那么即便不能把莫高窟的初凿追溯到西晋的索靖时代，即从乐僔法良开窟算起，至现存最早的洞窟，之间相隔百余年。如果说这百余年间未开新窟，绝无可能，但如果说所开新窟全部已坍塌不存，亦令人难以置信。学界一般认为，莫高窟现存最早的三个洞窟是北凉时期的，这从这三窟的造像题材可以初步印证，这三窟的造像题材突出了弥勒信仰，这与北凉的佛教信仰内涵正相一致，北凉的弥勒信仰在吐鲁番出土的《沮渠安周造寺功德碑》中有明确提示。所以宿先生的这一观点还是需要反思的，可惜你没有跟进，看来还需要继续努力。

这里我想重点补充提示的是，阅读这部书时，一定要注意通过阅读宿先生的个案研究，揣摩石窟寺考古学的方法在研究实践中是如何进行有效使用的。《中国石窟寺研究》可以说见证了中国石窟寺考古学的创建历程，是石窟寺考古学方法论的完整体现。而 1962 年宿白先生应邀在敦煌文物研究所作的《敦煌七讲》的专题讲演，可以视为建立中国石窟寺考古学体系的开篇之讲。此次演讲中，宿白先生首次初步归纳了石窟寺考古的研究方法，提出要把考古学中的层位学、类型学应用于石窟寺研究。徐苹芳先生根据《中国石窟寺研究》和《敦煌七讲》所阐述的中国石窟寺考古学的内容和方法，将石窟寺考古的研究程序归纳如下：考古学的清理和记录，洞窟、造像、壁画的类型组合与题材的研究，分期分区的研究，关于社会历史的、佛教史的和艺术史的综合研究（徐苹芳：《中国石窟寺考古学的创建历程——读宿白先生〈中国石窟寺研究〉》，《文物》1998年第2期）。之所以这里再次强调这四个程序，是希望你在阅读时能时时将这四个程序与所阅读的内容相对照，以加深对这四个程序的体悟。

姚崇新

2018年9月27日

关于泉州宋元印度教石刻研究

——答尹俊耸同学

尹俊耸同学：

你好！你的读书笔记我看了，写得不错，关键是行动了。你的博士论文选题为泉州宋元印度教石刻研究，就这一选题而言，应该还有可挖掘的资料。你本身的重点不在航海史，但是需要通过宋元以来的航海史料、海外贸易史料寻找印度人入华的踪迹，因此宋元以来的海交史文献，以及泉州的方志类文献、石刻文字材料、笔记体史料等都要地毯式地阅读，不能有遗漏。同时，还要把目光投向海外研究，要关注西方有关阿拉伯航海史、印度航海史的研究成果，目的当然也是希望通过他们的研究提示寻找宋元时期印度人入华的踪迹。准确把握印度人入华的信息是你解决泉州印度教遗存的前提和基础，只有准确把握了印度人入华的信息，才能找到这些印度教遗存真正的主人，从而才能准确释读这些印度教遗存的宗教内涵。这不正是蔡鸿生先生强调的历史研究要“透物见人”吗？其实宗教研究又何尝不是如此呢？

另外，要特别注意宋元时期泉州与南印度之间的贸易活动，已有学者注意到蒙元时期南印度的叙利亚基督教徒可能参与到了彼时泉州与南印度的贸易活动中（参看我《十字莲花》一文所引肯·帕里的文章，见拙文第 243 页。你要根据这篇文章顺藤摸瓜，延伸阅读），由此可以推测，彼时南印度的印度教徒也可能来泉州贸易。注意，考虑南印度的范围也应包含师子国，即今斯里兰卡。

这涉及宗教的传播与商人的关系。其实很多宗教的传播都与商人有关，佛教传播与商人的关系、祆教的传播与粟特商人的关系都已深入讨论，成为常识。蔡鸿生先生注意到唐代摩尼教徒在关内的活动区域，荆、扬、洪、越诸州，毫无例外是江河沿岸的商业都会，因此他认为，摩尼教传播过程中与商人和城市的关系，其紧密程度尽管不能同早期印度佛教相比，但城市生活作为它孳生繁衍的土壤，恐怕是不能置之不顾的（蔡鸿生《〈古代摩尼教艺术〉中译本序》，收入氏著《学境》，香港博士苑出版社，2001 年，153 页）。这样看来，摩尼教传播与商人商业同样密切。那么，印度教传播与商人商业之间的关系并非向壁虚构。

最后提示一点，一手文献的阅读与二手文献（今人的研究成果）的阅读要双管齐下。目前来看，今人的研究成果你还没有完全吃透。近年有关泉州印度教石刻的研究，国内虽然没有太大进展，但国外却有所推进，必须充分重视。

姚崇新

2018年12月5日

关于阅读《作为人类学方法论的“文史哲”传统》一文的一些问题

——答仉一心同学

仉一心同学：

你好！你的来信涉及两个问题：

第一，谭同学老师的《作为人类学方法论的“文史哲”传统》一文中提到，在二战后的当代人类学中，欧洲中心主义只在价值上而不是方法论上受到批判。在解释这一点时，谭老师提到了包括后现代主义在内的当代人类学夸大了现代与古典人类学之间的差别。你不太明白对于两者之间的差异的认识偏差对于方法论具有怎样的指导意义。

第二，在让“他者”说话这一点上，如果一个生产力水平较低的社会（即西方话语体系下的“原始社会”）的成员没有足够的能力向人类学家讲述自己的“文史哲”传统，或是人类学家在观察中理解“他者”的“文史哲”传统出现了偏差，那么即使“阐释者”已经尽力给予“他者”

说话的机会、与“他者”平等对话，他的认识还是不可避免地会出现偏差。在这种情况下，我们仍然可以认为他采用的方法论是正确的吗？

看得出你认真阅读了谭老师的这篇文章，值得表扬。关于第一个问题，首先你要了解谭老师的论证逻辑。

谭老师首先想要论证的是，无论是古典人类学（即所谓“摇椅上”的人类学）、现代人类学（即马林诺夫斯基、拉德克利夫－布朗运用“田野调查法”的人类学）、当代人类学（即以格尔茨为代表的“阐释人类学”），还是后现代人类学（即主张人类学只是“写文化”的艺术的那一派），它们在方法论上虽各有不同，但都没有摆脱“欧洲中心主义”的影响，欧洲中心主义像挥之不去的“幽灵”影响着欧美一代又一代的人类学家。首先，现代人类学的“欧洲中心主义”经当代人类学的批判，已是事实，无需再论证；其次，当代人类学虽然有意完善现代人类学方法论的缺陷，强调从当地文化的“上下文”中去理解他者的文化，从而客观上有利于避免“欧洲中心主义”思维，但正像谭老师指出的那样，当代人类学并没有拿出具体的操作方法，因此，容易由相对主义再滑向欧洲中心主义，尽管当代人类学一直在批判欧洲中心主义；再次，后现代人类学在彻底否定现代人类学方法论的同时，认为他者的文化是无法客观认识的，因此，研究他者的文化，研究者的主观性是不可避免的，研究他者的文化只是研究者的主体体验，那么他们所谓的“写文化”更多地依靠研究者个人的“感觉”或“直觉”，但不知不觉中，“欧洲中心主义”很可能成为他们的主体体验的一种，仍未摆脱这个“幽灵”。至于古典人类学，虽然跟现代人类学在方法论上有根本区别（这一点当代人类学有所忽略，现代人类学是从方法论上克服欧洲中心主义的开始），但无论古典人类学和还是现代人类学，都没有真正摆脱“欧洲中心主义”的影响，因为二者研究的根本目的和动机都是为了弥补欧洲人文社会科学知识的不足。

在上述论证的基础上，谭老师最想强调的是，西方人类学长期受到“欧洲中心主义”影响的结果，不仅仅在价值取向方面，更重要的是，它又反过来影响着人类学的方法论的建构，因此，从这个意义讲，“欧洲中心主义”也是方法论问题。但在这方面，谭老师没有做清晰的逻辑归纳，我做些补充：事实上，“欧洲中心主义”不仅仅是学术伦理、学术道德问题，而是由此观念主导产生的方法论的客观公正性存在严重缺陷——研究者以欧洲文明为参照系，先入为主地将研究对象视为“原始的”、“野蛮的”族群，以欧洲文明的发生发展为标杆去量度研究对象，进而定性他们的文化和社会发展阶段，忽略了研究对象自身可能存在的“文史哲”传统，而这一传统意味着研究对象有其自身的文化、文明演进的逻辑，而这一逻辑对正确、客观理解研究对象的文化是至关重要的。可见“欧洲中心主义”导致的人类学方法论缺陷是显而易见的。谭老师的整篇文章就是想将研究他者的“文史哲”传统作为一种人类学方法论加以提倡，从而弥补“欧洲中心主义”导致的人类学方法论的严重缺陷。

关于第二个问题。“他者”有没有“文史哲”传统和“他者”有没有能力向人类学家准确讲述自己的“文史哲”传统是两个概念。现在看来，无论“他者”出于什么样的发展阶段都有自己的“文史哲”传统，这是毋容置疑的事实，但即便“他者”没有能力向人类学家准确讲述自己的“文史哲”传统，“文史哲”传统作为方法论仍然可以成立，因为在我看来，人类学家有责任和义务通过其他途径深入了解“他者”的“文史哲”传统，人类学家在观察中理解“他者”的“文史哲”传统出现偏差也是可能的，但不能因此否定“文史哲”传统的方法论意义。

姚崇新

2019 年 3 月 10 日

关于学术研究的意义

——答潘大恩同学

潘大恩同学：

你好！你在来信中说，虽然我在第一节课上就给你们讲过学习和研究中国历史的一些意义，但是你现在仍然很难理解学术研究的意义，对细化的学术研究的意义到底是什么感到不解。因为在你看来，有些问题没有必要如此细化的，似乎是在为学术而学术。你的困惑，对于初窥学术堂奥的人来说，或许不算个别。你所说的学术研究，其实主要是指包括历史学在内的文史哲、考古、宗教、艺术等人文学科的研究，因此，你所说的学术研究的意义其实就是人文学科存在的意义。

关于人文学科的意义或人文研究意义，见仁见智。记得数年前，我校历史系陈春声教授在一篇题为《“无用”的人文学科到底有什么用》的访谈中对人文学科的特点作了如下概括：人文学科虽然看似“没用”，但它根源于人的本性，是与人的本能相联系的，是人发自内心的本能需求，只因它是人类发自本性的需要，因此，它是发自内心的；人文学科是人类思想的源泉，对于人文学者来说，思想的发明要比知识的创造重要得多；人文学者需要独立思考，人文学科中，重要的思想的发明其实都是孤独的思考者独立思考的结果；人文学者必须要有批判精神，人文学科的思想之所以被社会或同行接受，依靠的是思想的批判，而不是实践或逻辑的检验；人文学科的进步与艺术家的创造一样，是一种艺术史意义上的超越，而不是在逻辑或实证意义上被取代（载黄达人等著《大学的根本》，北京：商务印书馆，2015 年）。在我看来，这些特点正好彰显了人文学科的意义或人文研究意义。首先，既然“它根源于人的本性”，是人“发自内心的本能需求”，那么，它必然是人类不可或缺的“精神家园”，既然是人类不可或缺的“精神家园”，就有守护它的必要；其次，人类新思想的来源，人类独立之精神、自由之思想等品格的养成、人类批判性思维和批判精神的养成，以及人类在精神上的自我超越等，都端赖人文学科和人文研究。这些价值甚至连社会科学都不具备，唯有人文学科具备。

虽然我们常将人文社会科学连称，但人文与社会科学还是有明显区别的，后者的研究成果可以直接转化为助力社会发展的力量，从而实现其看得见摸得着的价值，但前者不行。但如果人文学科真的毫无价值的话，它不可能在全世界的高校中一直存续着。这意味着什么呢？意味着人类社会的发展终究还是离不开人文学科，上文的归纳已说明了这一点。但如果你一定要追问人文学科的价值究竟是什么的话，恐怕很难有统一的答案。但也并不是完全没有共识，除了上文从宏观层面作的归纳外，至少还有以下两点是大家都认可的：1）从人类社会发展的角度看，我们需要了解我们的过去，了解过去是为了更好地开创未来，而不能简单地将了解过去理解为满足个人的好奇心；2）从个人发展的角度看，一个人的理性思维的养成、独立健全人格的养成、个人修养的完善、个人精神需求的满足等主要仰赖于人文和艺术，而自然科学甚至社会科学都难以提供有效的帮助。也许你会说，目前课堂的内容与以上两点似乎没有任何联系，这我承认，但我想强调的是，“润物细无声”正是人文学科的特点——一个人的自我往往在不知不觉的人文熏陶中得以完善。

从学术的角度看，人文学科的价值取向也不同于自然科学及社会科学，博学、慎思以及为认识人类的过去提供新知、为人类的明天提供必不可少的理性思维、智慧、思想等，可以成为评价人文研究者个人研究水平高低的基本内容，也可以认为是人文学科价值取向的基本内容。所以我不同意你“为学术而学术”的定义（尽管现实中确有一些人在这么做，但这种情况应另当别论）。具体到我讲的佛教初传中国的路径问题，我已在课堂上说明，路径差异背后隐含的是初传中国的佛教的内涵和性质的差异，同时还涉及初传中国的佛教艺术的来源问题，因此若要准确把握初传中国的佛教的内涵和性质，以及初传中国的佛教艺术的来源，首先要解决传播路径问题。因此如果一定要用上述价值取向来套我讲的内容，勉强可以算作“为认识人类的过去提供新知”一类吧。当然你还可以继续追问，准确把握了初传中国的佛教的内涵和性质，以及初传中国的佛教艺术的来源，那又怎么样呢？面对这样的追问，我真的很难回答了。

学术研究的理想范式是宏观与微观的结合，微观的探索全赖过深过细的功夫，所以不能把细化的研究看成“为学术而学术”，只有不将宏观与微观有机结合的研究其价值才会打折扣。

或许，虽然我说了这么多，仍不能完全消除你的疑惑，那我认为最好的办法是“自悟”。如何“自悟”呢？其实也很简单，那就是多读一些文史哲的书，读的时候跟进思考。相信要不了多久，学术研究的意义何在，人文学科的价值何在、意义何在等问题，你会有自己的答案了。也就是说，读书是“自悟”的最好途径。

姚崇新

2019 年 4 月 14 日

对唐长孺先生“亚洲型特征”这一概念的理解

——答李尚勤同学

李尚勤同学：

从你提出的问题，可以看出你的阅读伴随着思考，而且思考有一定的深度，值得表扬。所有问题中，“亚洲型特征”对你而言可能是最难理解的，所以这封信主要针对这一问题作答，其他问题希望下次课间口头交流。

“亚洲型特征”是唐长孺先生探讨汉唐社会性质问题时所提出的概念。这一概念提出的前提逻辑是，从整个世界的历史进程看，世界各大文明体乃至各民族国家的社会历史进程差异较大，且各有特点，这就意味着，在具体考察某文明体或某民族国家的社会演进历程时，要充分考虑其可能存在的特殊性，而不能用所谓社会发展的一般规律大而化之，否则无助于问题的解决；就中国的情况而言，中国是世界上唯一数千年发展不曾中断的文明体，其文明发展与社会演进历程独具特色，因此，要准确揭示其社会历史演进的历程，必须充分考虑中华文明体的特殊性。唐先生的这一概念正是基于中华文明体的特殊性而提出的，具体运用于探讨汉唐社会演进历程之中。

唐先生在分析秦汉以降的社会性质时指出，“中国是一个亚洲型的国家，奴隶社会带有亚洲社会的特征，封建社会同样也带有亚洲型的特征，这就是奴隶社会中奴隶在全部人口中只占很少的一部分，西汉奴隶数量即使按照最高的估计也远远少于自耕农与自由佃农。魏晋时期的封建化也很不彻底，而且法律上认可的封建依附者为数非常之少。我们只能说两汉时代的劳动者除了真正的奴隶以外，其他的劳动者，有如雇佣、刑徒，都带有奴隶的烙印，这就是奴隶社会。魏晋以后，除了法律认可的封建依附者而外，其他生产劳动者，被荫庇的佃客、荫户，官府手工作坊中的工匠，都带有类似农奴的烙印，如此而已。”（唐长孺《魏晋南北朝隋唐史三论》，武汉大学出版社，1992 年，18 页）这段话不仅正式提出了“亚洲型特征”这一概念，而且包含了这一概念的具体内涵。那就是，相对于反映古代欧洲社会发展进程的“欧洲型”模式，中华文明体有自己独特的发展模式，即“亚洲型”模式，这一模式的基本特征是：奴隶社会的奴隶少于自耕农，封建社会的劳动者的身份类似农奴。这也是唐先生所主张的“魏晋封建论”的理论基础。

唐先生的理论提示我们，在研究中华文明体的社会演进历程时，不能简单套用西方模式。同时还可以看出，唐先生研究中国古代社会的变化及特征时，首先着眼于考察社会经济形态的演变，而考察社会经济形态的演变过程，又是从劳动者身份地位的变化着手的，即从生产关系的变化着手。而在唐先生看来，生产关系中，生产者的身份性质及其变化，同社会的经济形态及其演变直接相关。这无疑抓住了问题的要害。不过，如果从更宏观的层面考察中华文明体从奴隶社会向封建社会性质转变的话，除了社会经济形态外，还有若干重要因素也需要同时考量，如上层建筑的变化情况，具体而言要考虑中央集权制特别是皇权政治体系的确立以及地方政治结构的变化情况，如地方政治制度从分封制向郡县制的转变，再如官僚制度的变化（从世卿世禄制向察举制的转变）等。除此之外还要考虑剥削方式的变化、土地制度的变化（从国有制向私有制的转化）、法律意义上的国民身份的变化以及社会财富的分配与占有形式的变化等。总而言之，在考察中华文明体从奴隶社会向封建社会转变的问题时，需要有多重关照。但无论如何，唐先生的理论可以启发我们作更多的思考。

姚崇新

2019 年 6 月 10 日

关于北齐佛教造像由清瘦转变为丰满的原因

——答张伊茜同学

张伊茜同学：

你好！首先要表扬你的好学深思，希望你继续保持这一优点。你课下发现了一篇专门讨论北齐佛教造像艺术从清瘦转变为丰满的原因的文章，跟我课堂上所讲的北齐佛教造像艺术从清瘦转变为丰满的原因主要受到南朝影响的观点恰好相反，因而使你感到困惑。

首先让我们看看这篇文章的基本观点。文章认为，“南方剧变，梁亡陈兴，士族尽被杀死，汉文化一时无法正常继续，出现危机的时候，这种情况就会发生变化，北齐从根本上排斥汉化的心态，会骤然雄起，就会公开排斥汉文化，这种变化反映到佛教造像上就使那种符合南朝士大夫审美的特征消退。但是北齐政权所迷恋的西胡化，本身只是一种低级的娱乐性的东西，还远没有能力填补南朝审美特征消退所留下的审美空白，但是西胡化在这么多年却起到一种无形媒介的作用，在它的运动下，西域关中一带佛教造像的审美特征一点点地带入北齐，通过不断的积累，加之西域关中的这些审美特征本身又比较符合少数民族内心审美的真挚要求。所以，在这一系列事件发生后不久的北齐皇建元年（561）北齐所刻凿的佛教造像便一扫之前南朝的清瘦风格而表现出了丰满的北周风格。”

作者所谓的“南方剧变”指的应是“侯景之乱”，“侯景之乱”对江左士族造成了巨大冲击，这是事实，但因而得出南朝的汉文化“一时无法正常继续”的结论未免太草率了，否则我们难以理解为什么隋唐制度及文化渊源中仍然有不少南朝因素。盖在作者看来，由于南朝出现了汉文化的断裂，北齐在排斥汉文化心态的支配下，乘势切断了与南朝文化的联系，佛教艺术风格开始为之一变。首先，从上文的提示不难看出，南朝的文化断裂说不是事实；其次，虽然北齐上层的确存在排斥汉文化的倾向，但这并不意味着可以彻底切断与南朝的文化联系，因为就文化交流的一般情况而言，上层或官方的好恶会对交流产生一定的影响，但不能从根本杜绝交流的发生。

北齐出现胡化倾向的确是事实，但胡化究竟给北齐的佛教艺术带来了什么样的影响，需要具体分析，北齐佛像“得其肉”的丰满造型与同时期中亚、西域等地具有犍陀罗雄健遗风或西域地方特色的佛像体征有明显差异，这类造像可以北齐定州系造像为代表。一种观点认为，北齐的另一类型佛教造像，即佛衣紧窄贴体的那一类明显受到笈多艺术影响的造像（这一类以北齐青州系造像为代表），受到了中亚、西域的影响，但我认为，北齐笈多艺术的影响主要来自海上而不是内陆，对此我有专文讨论。作者认为西胡化在北齐佛教艺术受西域北周影响方面起到一种无形媒介的作用，现在至少就中亚西域地区的造像艺术而言，即便西胡化真能起到一点媒介作用，这一作用也只能体现在对北齐笈多艺术因素的影响方面，与北齐的丰满型造像没什么关系，同时期中亚西域没有这样的丰满的样式可以模仿。至于说这一媒介同时也促成了北周对北齐的影响，也经不起逻辑的推敲。北周虽然有丰满的样式，但它也是源自南方，据僧传文献记载，北周从南朝夺取巴蜀后，“益州大德五十余人，各怀经部，送像至京”（《续高僧传》卷十六《释僧宝传》）。这是北周受南朝造像艺术影响的直接证据。且北齐的建立还略早于北周，很难说北齐佛像的丰满造型一定是模仿北周的，因为北齐也可以直接模仿南朝。

建议你再看看宿白先生《中国石窟寺研究》一书附录的一篇文章《北朝造型艺术中人物形象的变化》，就能更好地理解我的看法了。在这篇文章中，宿先生探讨了5世纪末6世纪初中原北方地区造型艺术由雄健到清秀再到丰满的变化过程，他把变化的源头都指向了南朝。宿先生的研究表明，从清秀向丰满的变化是当时中原北方地区的普遍现象，同时也不仅限于佛教艺术，还包括世俗艺术，这在墓葬壁画中有一定反映。只有像宿先生这样从宏观的角度加以把握，才能更加准确地判断北齐造像变化的真正原因。虽然强调北齐的特殊性不算错，但只强调特殊性显然是不够的。所以从这个意义上说，宿先生的研究也具有方法论的意义，值得我们学习。

最后需要再明确一点，“北齐佛教造像丰满的源头在北周”与“北齐佛教造像可能一定程度上受到了北周造像的影响（特别是在齐周交界地带）”，是两个概念，因此在齐周的边界地带，如果发生北周造像影响北齐的情况，完全可以理解，反之亦然。

姚崇新

2019 年 6 月 18 日

关于大肚弥勒佛

——答陈思羽同学

陈思羽同学：

你来信询问大肚弥勒佛的来源问题，以及大肚弥勒佛为什么戴五佛冠？还想知道大肚弥勒佛旁边那两个童子是否有具体名称，这样的搭配是否有时代特征？此外，还想知道如果想了解弥勒佛在中原的演变过程，应该从哪些资料入手？等等。

关于大肚弥勒佛（俗称“布袋和尚”）的来源，据《宋高僧传·契此传》记载，唐末明州奉化县有一位法号契此的和尚，长得大腹便便，且言行举止颇为奇特，“言语无恒，寝卧随处。常以杖荷布囊入鄽肆，见物则乞……号为长汀子布袋师也……人以此奇之”。因此在时人的眼中，契此和尚属于神异僧人一类，故而《宋高僧传》把他归入了“感通篇”。契此又曾说偈曰：“弥勒真弥勒，时人皆不识”等句，暗示自己是弥勒佛的化身，于是“人言慈氏垂迹也”，即渐渐地人们把他真视为弥勒佛的化身了。可见大肚弥勒佛是在契此和尚死后根据他的原型塑造的，他之所以与弥勒佛扯上了关系，是因为人们把他看成是弥勒佛的化身了，因而也得名“弥勒佛”，“布袋和尚”的得名则是因为契此常常布袋随身。因此，就大肚弥勒佛的造型而言，跟真正的弥勒佛造型没有任何关系，它完全是出自中国民众的创造，所以通过真正的弥勒佛造像来了解大肚弥勒佛造型艺术的演变是不可能的。据《宋高僧传·契此传》的记载，契此死于唐末天复（901—903）年间，以他为原型创造的所谓大肚弥勒佛出现于五代时期，宋以后逐渐流行。

布袋和尚信仰后来进一步传播到了东北亚地区，如传到日本后成为七福神之一。七福神是日本神话中主持人间福德的七位神，包括六位男神和一位女神，他们来自不同的宗教，如神道教、佛教、道教以及印度教等，一般指大黑天、惠比寿、毗沙门天、弁财天、福禄寿、寿老人、布袋和尚七神。

五佛冠又称五智冠，属密教宝冠，通常为大日如来等密教尊像所佩戴，后来密宗的上师、住持、方丈等修法时也佩戴，表示五智圆满之意。五佛按方位分为东、西、南、北、中，各有名字，故又称五方佛。宋代以来流行的大肚弥勒佛原本是光头，大概明清以后，人们开始将五佛冠戴在他头上了，这是民众的创造，可能是寓意五福（佛）临门。也大概在明清时期，大肚弥勒佛左右开始出现童子，一般手持元宝或串钱，寓意吉祥富足。这全是民众的自我创造，没有任何经典依据。

对于中原北方真正的弥勒佛造型艺术的研究，没有见到专著，你可以查阅一些单篇论文，如《中国早期弥勒信仰及其造像艺术》《略谈中国佛教造像中弥勒形象的演变》《中原北方早期弥勒造像研究》《试论北朝时期中原北方弥勒造像的演变》《佛教雕塑艺术中弥勒佛形象的演变》，等等。

最后需要补充的是，虽然大肚弥勒佛与弥勒佛本身没有关系，但它的出现跟汉传佛教化身观念的发展有一定的关系，我在《观音与神僧》一文中对这一问题作过一些分析，这里撮要给你作些提示。就汉传佛教而言，将现实人物比附为佛、菩萨的化身是其造神观念的一大突破，这一突破出现在唐代，化身的真实化在宋代以后的佛教界是一种普遍趋势。佛教界这一普遍趋势的出现，就内部原因而言，或许与唐代以后佛教的本土化进程加速有关，除此以外，还有外部原因。外部原因可能来源于古代中国人对传统神祇体认的变化趣向。具体而言，中国传统的自然神的人格化趋势以及人格神的真实化趋势，尤其是后者，对佛教化身观念的突破有重要的外在影响。这是契此成为弥勒佛化身的宏观背景。

姚崇新

2019 年 7 月 2 日

关于唐代的散官制度
——答陈方穗同学

陈方穗同学：

你好！你来信说，你在读宿白先生的《西安地区的唐墓形制》一文时遇到一点疑惑，希望得到我的解答。宿先生在文中这样写道："[玄都观观主牛弘满] 官阶从五品，系以牛弘满墓志首题所录职衔最前的散阶为据：墓志首题的全文是'大唐故朝散大夫开府仪同三司玄都观观主牛法师墓志铭'。玄都观……是创建京城时特意安置的有压胜意义的道观，也是京城最大的道观。所以，观主牛弘满还具有从一品的文散阶——开府仪同三司，因此，他所使用弧方形的墓室应视作从五品墓制的一个例外。"你的疑惑是，在唐代的官制系统中，究竟牛弘满属于一个什么样的等级？是同时拥有两个官阶的意思吗？

你的问题涉及唐代官制，特别是散官制度。唐代官制分职事官、散官和勋官三种，其中散官又分文、武二类。

职事官有组织机构、有具体任务和实际职权、有品级、有清浊之分，相当于正式官职，如中央官制系统中的门下中书侍郎、尚书左右丞、诸司侍郎、太常少卿、左右庶子、秘书少监等，地方官制系统的刺史（太守）、县令（县长）等。

散官没有组织机构，没有具体任务，没有实际职权，属于加官。文散官自从一品开府仪同三司，至从九品下将仕郎，有二十九阶；武散官自从一品骠骑大将军，至从九品下陪戎副尉、归德执戟长上，有四十五阶，故散官又称阶官，散品就是官阶。但散品从唐朝开始成为入仕者的本品，即所谓“九品已上职事，皆带散位，谓之本品”（《旧唐书·职官志一》）。也就是说，入仕者不论做何职事官，都必须兼带散品，这就意味着，一个职事官既有职事官品级，又有散官品级。由于“官职”、“官阶”分途，现实中，官阶高而职级低、职级高而官阶低、甚至有官阶无职事的现象比较常见。有散品者需要候补才能获得职事官，但并不是所有有散品者都能候补到职事官，经过吏部番上，才能参加职事官的选拔。为什么职事官都必须兼带散品呢？主要是因为，当时仍存在门阀社会观念的影响，入仕者的出身仍受重视，出身有高低之分，待遇也应有厚薄之别，而这种待遇一定程度上需要通过散品来显示，即所谓“散位则一切以门荫结品，然后劳考进叙”（《旧唐书·职官志一》），但散官的升迁须凭“劳考”。虽然散官是某种特权思想的反映，但毕竟既无实职更无实权，因而不如职事官受人重视。但由于散官是入仕者必经的途径，要想入仕，必须兼带散官，因而散官又得以长期存在。另外，它存在的意义还在俸禄方面（详下文）。

勋官产生于北朝晚期，本为奖励军士的荣誉官衔，唐代勋官始以上柱国，止以武骑尉，凡十二等（级），起视正二品，止视从七品。勋官也没有组织机构，没有具体任务，没有实际职权，因此也属于加官。

根据唐代官吏俸禄规定，一律按官员品级发放俸禄，无论是职事官、散官还是勋官，无论有无实职，都可按其品级享受俸禄。这就意味着，只有散官或勋官官衔而无职事官职的人，虽然没有什么实权，但仍可以享受与散官或勋官官阶相应的待遇，而且在均田制下，散官或勋官同样可以依官阶获授永业田和口分田，这就是散官或勋官存在的实际意义。

除了家世门第外，散官的获得也有例外，即得到皇帝恩宠的人，无论其出身如何，也无论其从事何种职业，都有可能被赐予散阶，这也包括某些受到朝廷青睐的宗教上层人物。如开元三大士之一的密宗高僧不空三藏就有很高的散阶，而且不止一个：开府仪同三司和特进，特进在唐代为文散官第二阶，正二品，地位略低于开府仪同三司，但并无实职，作为当时道教的领袖人物，牛弘满也属于这种情况。在具体书面表达一个人的官衔的时候，往往是散品、实职、勋级同时罗列（如果都有的话），若有一个以上散品或实职，也同时罗列，不空的官衔的书面表达就是两个散品一起罗列："开府仪同三司、特进、试鸿胪卿……大兴善寺三藏沙门不空"。牛弘满的官衔的书面表达也是如此。

牛弘满同时拥有两个文散官衔，即开府仪同三司和朝散大夫，前者如前所述，是文散官的最高品级，从一品，后者的品级为从五品下。但他的实际散官官阶应是朝散大夫，开府仪同三司应是他死后由朝廷追赠的，因此牛弘满死后朝廷给了他最高荣誉。正因为如此，他的墓葬规制突破了从五品下朝散大夫的限制（牛弘满墓志的录文载周绍良主编《唐代墓志汇编》，上海古籍出版社，1992 年，542—543 页）。

由此可见，研究历史时期的墓葬等级制度，首先要懂官制和葬制，否则无法进行。从这个意义上讲，宿白先生一直强调从事历史时期考古工作的人要重视文献资料的阅读是很有道理的，他的研究就是这方面的典范。他在讲授《历代名画记》的导论时曾说："考古，传统的看法就是研究历史，古代文献对于旧石器、新石器用处不大，但是夏商周三代离不开文献，以后就更加离不开。离开文献就成了纯发掘整理，这是远远不够的。从《史记》开始的纪传体史籍和司马光的《资治通鉴》是汉唐以来考古的基本书籍。"让我们以宿先生教导共勉吧。

姚崇新

2019 年 7 月 7 日

后记

初次造访康乐园的人（包括我本人在内），对她的印象总是极为深刻。康乐园的环境，有诗为证：“古木参天曲径幽，红楼碧瓦马岗头。云山珠水绕康乐，花发虬枝岁月遒。”中山大学汤明檖教授的这首《竹枝词杂咏》已成为中大学子代代咏传的经典。康乐园树木丛生，芳草萋萋，莺歌于枝，鱼戏于渊，被誉为国内最优美雅致的大学校园之一，她的确是读书人的“乐园”。而校园优美的自然环境中往往蕴含着浓郁的人文气息，人文与自然高度和谐，这正是大学校园与一般自然景观的根本区别，也是其魅力之所在。

始建于 1905 年的马丁堂是康乐园最古老的建筑，也是国内最早的钢筋混凝土建筑之一，因而早已成为省级文物保护单位。这座中西合璧的建筑，见证了岭南大学和中山大学的时代变迁。自二十世纪八十年代初中大人类学系复办以来，马丁堂一直是该系所在地。她占尽“地利”，矗立于康乐园中部，站在马丁堂二楼的走廊向南望去，首先映入眼帘的是马丁堂南门前那尊昂然耸立的石狮子以及和它紧紧相伴的那棵有“林中仙女”之誉的高大挺拔的桉树，继之，一片如茵如毯的大草坪尽收眼底。如果将目光转向西南，就会与校园中心草坪上熠熠生辉的中山先生铜像相遇。如果再将目光转向东南，就会与东南区 1 号别墅门前草坪上的一位静静地坐在藤椅上的老人相遇，通过雕塑家的妙手，一个“盲于目而不盲于心的智者”再次形神兼备地展现在世人面前，他器宇轩昂，风骨依然。这自然让人想起“独立之精神，自由之思想”这十个字。正如蔡鸿生先生所说，对这位老人，我们“只有仰望又仰望”、“时时仰望”，而马丁堂颇得“仰望”之便利。马丁堂也曾是康乐园“文”气最重的地方——1982 年之前的三十多年间，她一直作为校图书馆使用。镶嵌在马丁堂外墙中已经泛黄的老照片在不时提醒着参观者，马丁堂也曾经是中山先生发表《非学问无以建设》这一著名演讲的地方。还有，马丁堂门前的这尊颇具个性的石狮子已成为中大的一张名片，被誉为“中大狮”。毫无疑问，马丁堂也是康乐园中最重要的“景点”之一。当然，跟其他大学校园的古老建筑一样，马丁堂中也不乏“传奇故事”……

有学者说过，只有大学中人，才能感受到校园所赋予的这类具有文化与学术传承意涵的人文情怀。忝列“大学中人”的我，不知不觉，在康乐园、在马丁堂已度过了十八个春秋，这意味着我人生中最好的时光是在这里度过的，而且，马丁堂也同时见证了我前进的每一小步，见证了我霜染两鬓，这更加深了我对她的依恋。今天，终于有机会表达这份依恋之情——这就是书名的由来。

回想这十八年来的工作，大体包含三方面的内容，似乎可以用一个“书”字概括——除了读书、教书外，还忝“著书”之列，因而“书”字颇能反映我这些年的生活实态。围绕这些工作，多多少少都留下了一些“副产品”性质的文字，以往从未想过要将它们结集出版，今承蒙凤凰出版社和《凤凰枝文丛》主编朱玉麒、孟彦弘不弃，遂略加整理，结为一册，在此谨向凤凰出版社和朱、孟二位先生致以衷心的谢意！

本书所收文字包括书评、序跋、方法论漫谈、教学答疑以及读书札记等，基本上都是这十八年间形成的。

在我1994年负笈北大投入荣新江先生门下攻读硕士研究生之后不久，荣先生开始主编大型学术年刊《唐研究》，他赋予该刊物的特殊学术使命是，参照国际惯例，藉以建立严格的学术规范，而其中一项重要内容就是按照“国际惯例”撰写书评。受这一学术理念的影响，我从博士期间开始尝试撰写符合国际学术规范的书评，并将这一习惯保持了下来。从学术训练的角度看，撰写书评对博士论文的写作很有帮助。因为提高书评的撰写能力其实有助于提高博士论文“研究综述”的撰写能力，诚如葛兆光先生所言，博士论文的“研究综述”是“集束”式的书评。因此，本书所收的这些书评类文字，可以看成本人在书评撰写方面向“国际标准”看齐的尝试和努力。

至于本书所收序跋类文字，可以大体反映本人入行以来的学术轨迹、兴趣所在以及心路历程，这里无须赘述。唯一需要说明的是，为避免重复，有两篇“后记”略有删节。

多年带学生的经验告诉我，对于在读的硕士、博士生而言，相对于知识的传授与获得，方法的训练与掌握更为重要，为此对他们我大概称得上“耳提面命”了，但这项工作似乎不能一蹴而就。有些学生的“耕耘”与“收获”有时不成正比，问题主要出在阅读、思考以及写作诸环节的“方法”的掌握上。一言以蔽之，读书不得法，只能事倍功半。但学校的研究生培养方案中并没有真正意义上的、系统的方法论课程，因此，我只能将方法论的内容穿插于课堂教学中，而且为了避免授课内容“跑题”，往往只能就所开课程所涉学科的方法论略加提示，因而既不系统，也不全面。但现在回头看看，这些内容除了对前人的经验有所归纳总结外，还有一些个人的经验和思考，对初学者可能有些帮助，因而本书收入了部分“讲义”性质的方法论文字和几篇阅读有关方法论著作的读书札记，因为不系统不全面，近似漫谈。

韩愈的名句“师者，所以传道授业解惑也”，读书人皆知，因此给学生答疑是教者的本分，本不值一提。本书之所以收入了一些本人近年教学工作中以书信的形式给学生答疑的内容，主要基于以下几点考虑：一是有些答疑的内容，除了从知识角度跟进以外，多少还有我自己的一点思考或点滴心得，或许可以与同道分享一下；二是有教学相长的意味——给同学答疑的过程也是促使我对相关问题进一步思考的过程；三是我也想借此检验一下自己给“受业者”解惑时是否有足够的耐心——尽管按照韩愈的标准，作为“师者”，仅仅做到“解惑”是远远不够的。另外，有些信件也涉及思路与方法问题，是以，这些文字中也可能有一些值得初学者关注的内容，且缀于书末。

我的硕士生尤悦、杨雪莹两位同学通读了全部书稿，并纠正了一些错字和若干引文疏误，谨致谢忱！

姚崇新

2019 年大暑于马丁堂

凤凰枝文丛

三升斋随笔	荣新江　著
八里桥畔论唐诗	薛天纬　著
跂予望之	刘跃进　著
潮打石城	程章灿　著
会心不远	高克勤　著
硬石岭曝言	王小盾　著
云鹿居漫笔	朱玉麒　著
老营房手记	孟宪实　著
读史杂评	孟彦弘　著
古典学术观澜集	刘　宁　著
龙沙论道集	刘　屹　著
春明卜邻集	史　睿　著
仰顾山房文稿	俞国林　著
马丁堂读书散记	姚崇新　著
远去的书香	苗怀明　著